Red Geller

Die Geistergondel

DAS SCHLOSS-TRIO

Pelikan

ISBN 3-8144-1718-6

Gesamtleitung und Textredaktion:
AVA GmbH
Umschlaggestaltung: strat + kon, Hamburg
Innen-Illustrationen: Solveig Ullrich
Gesamtherstellung: Clausen & Bosse, Leck
Printed in Germany
Auflage 15 14 13 12 11 10 9 8 7 6 5 4 3 2 1

Inhalt

RANDOLPH RITTER (RANDY)

Eigentlich heißt er Randolph. Diesen Vornamen haßt er. So wurde aus Randolph eben „Randy". Randy ist sechzehn, geht aufs Gymnasium, ist ein mittelprächtiger Schüler und kommt immer gut mit. Sport gehört zu seinen Lieblingsfächern; danach kommt Mathe, die Begabung dafür hat er von seinem Vater geerbt. Randy hat auch schon Kampfsportarten trainiert. So kann er auch etwas Karate. Er ist ziemlich groß, ohne schlaksig zu wirken. Sein Haar ist dunkelblond, manchmal mit einem Stich ins Braune. Seit seiner Geburt hängt ein Muskel am Mundwinkel schief, so daß es aussieht, als würde Randy immer grinsen, was die Lehrer schon manchmal auf die Palme gebracht hat, besonders dann, wenn sie neu waren und ihn noch nicht kannten. Randy ist da, wo „Action" ist. Langeweile kennt er nicht. Er kann sich auch beschäftigen, ohne vor der Glotze zu hocken. Am meisten ärgert er sich über Ungerechtigkeiten. Ob in der Schule oder im Leben: Er setzt sich stets für die Schwachen ein, was ihm nicht selten auch Ärger einbringt.

TOSHIKIARA (TURBO)

Toshikiara ist Japaner und Randys Freund. Da er einen Namen hat, der schlecht auszusprechen ist, wird er kurz „Turbo“ genannt. Turbos Eltern sind verschollen. In Japan besitzt er keine engeren Verwandten mehr. Die Familie Ritter hat sich deshalb entschlossen, ihn bei sich aufzunehmen, worüber sich natürlich Randy – der ein Einzelkind ist – unwahrscheinlich gefreut hat. Turbo besucht eine deutsche Schule. Die deutsche Sprache hat er in Japan gelernt, unter anderem auch durch den Briefwechsel, den er und Randy geführt haben. Als Erbe seiner Eltern besitzt Turbo ein altes Samurai-Schwert, dem magische Kräfte nachgesagt werden. Dieses Schwert hütet er wie einen kostbaren Schatz. Er ist kleiner als Randy und trägt das schwarze Haar zu einer Bürste geschnitten. Seiner asiatischen Mentalität entsprechend, reagiert er eher bedächtig. Wenn es aber sein muß und darauf ankommt, ist der fünfzehnjährige Turbo voll da.

MICHAELA SCHRÖDER (ELA)
Michaela Schröder, auch „Ela“ oder „Möpschen“ gerufen – den letztgenannten Namen mag sie nicht –, ist die dritte im Bunde. Ela wohnt in unmittelbarer Nachbarschaft der Ritters; sie ist dunkelhaarig, trägt gern einen Pferdeschwanz, ist eine gute Judo-Sportlerin, in der Klasse irre stark in allen Fächern und liebt besonders ihren Rauhhaardackel „Biene“. Sie hat noch einen kleineren Bruder namens Michael. Ihr Vater arbeitet beim Bau. Ela ist Randys Freundin, auch wenn sich die beiden hin und wieder streiten, daß die Fetzen fliegen; das haben sie jedoch schon im Sandkasten getan. Michaela ist sehr neugierig und schafft es immer wieder, genau dort aufzutauchen, wo etwas los ist. Darüber kann sich Randy manchmal ärgern.

Ela, Randy und Turbo gehören zusammen. Diese drei Freunde bilden auch „Das Schloß-Trio“.

Red Geller

DAS SCHLOSS-TRIO
RANDY, TURBO & CO

Das japanische Schwert
Falschgeld auf der Geisterbahn
Gefährliche Agentenfracht
Die Mumie aus Kairo
Schreckensnacht im Landschulheim
Der Unheimliche mit der Goldmaske
Der Jenseits-Expreß
Geheimplan Lemuria
Alarm auf dem Reiterhof
Der Alptraum-Zirkus
Das Gespensterschiff
Jagd nach Peter Ritter
Drei gegen die Mafia
Hauptgewinn – Ein Grab im Rhein
Alarm in den Alpen
Das Rätsel der schweren Tauben
Mister Gänsehaut
Die Geistergondel

1. Die Lebensretterin

Ein Bekannter hatte mal zu Elas Mutter gesagt: „Frau Schröder, es geht nichts über einen Sonnenuntergang in Sri Lanka. Da können Sie alles andere vergessen. Spanien, Mallorca, Ibiza und so.“

Frau Schröder hatte gelächelt und geantwortet: „Mag sein, aber ein Sonnenuntergang am Rhein ist auch nicht ohne.“

An diese Unterhaltung mußte Ela Schröder gerade denken. Sie schaute auf die Wellen des Flusses, die einen außergewöhnlichen Glanz bekommen hatten. Das Licht der tiefstehenden Sonne tauchte den ganzen breiten Strom in phantastische Farben: Es begann mit einem sehr dunklen und tiefen Rotton, der sanft in den Wellen verlief, so daß aus dem ersten Rot das Orange der vollreifen Apfelsinen entstand, zerfloß und zu einem dunklen Gelb wurde, das später überging in hellere Streifen, die am Ufer vom Schaum der kabbelnden Wellen verschluckt wurden.

Ein Farbenspiel, das Ela einfach begeisterte. Die Luft war so wunderbar warm und lau. Ein Frühsommerabend, wie es ihn nur selten gab.

Den ganzen Abend wollte Ela hier nicht bleiben. Sie interessierte sich einzig und allein für den prächtigen Sonnenuntergang; den mußte sie einfach festhalten.

Nicht auf einer Fotografie, das wäre ihr zu simpel gewesen. Nein, Ela, die Malerin, stand vor einer Staffelei. Noch aber war die Leinwand in dem Keilrahmen ganz weiß.

Es war schwer, und Ela hatte auch nicht viel Zeit. Wenn die Sonne erst verschwunden war, dann hätte sie all die Farben aus dem Gedächtnis malen müssen; ein wenig zu schwierig für eine Anfängerin.

Ela ließ sich den Mut nicht nehmen. Sie hatte die Lippen gespitzt und pfiff ein fröhliches Lied. Immerhin waren die Ölfarben schon gemischt. Sie befanden sich in kleinen Töpfchen, deren Öffnungen aus einer Palette hervorragten.

Ela malte. Zuerst wählte sie den dicken Pinsel mit den kräftigen Haaren, denn sie wollte erst einmal die Grundfarbe in das Bild hineinbekommen.

Zunächst rot!

Dunkel, sehr stark dominierend. Den Fluß ließ sie außer acht. Wenn sie überhaupt ein Ufer zeichnete, dann nur in Ansätzen und verschwommen. Das Mädchen arbeitete sehr konzentriert. Und wie immer, wenn sie sich auf eine Sache eingestellt hatte, schob sich ihre Zunge um einige Zentimeter aus dem Spalt der Lippen hervor.

Nach einigen Minuten war sie mit der Grundfarbe zufrieden. Sie hatte sie zum unteren Ende der Leinwand hin auslaufen und dabei schwächer werden lassen.

Hin und wieder streichelte der warme Abendwind ihr Gesicht. Er spielte mit den dunklen Haaren, die Ela im Nacken zu einem Pferdeschwanz zusammengebunden hatte. Gehalten wurde er von einer bunten Spange in Form eines Schmetterlings.

Für einen Moment abgelenkt, schaute die junge Malerin auf, als ein Schatten durch die Farbenpracht glitt. Es war nur eines der großen Containerschiffe, die ihre Bahnen stromabwärts zogen und den Niederlanden entgegenfuhren, wo der Strom noch breiter war als hier bei Düsseldorf.

Die Farbmischung stimmte nicht perfekt, und Ela mischte sie neu. Das Gelb war ihr nicht kräftig genug, sie fügte einen Tupfer Rot und Orange dazu, wollte den Pinsel auf der Leinwand ansetzen – und erstarrte mitten in der Bewegung.

Sie hatte sich so an das ruhige Fließen des Flusses, an das Klatschen der Wellen, auch an das Brummen der Schiffsmotoren gewöhnt, daß sie andere Geräusche, abgesehen von den schrillen Möwenschreien, sofort aufschreckten.

Wie jetzt das Schreien!

Es war nicht laut, kam wie von sehr weit her, aber Ela Schröder hatte sich nicht getäuscht.

Sie drückte den Pinsel in den kleinen Eimer und ging unsicher um ihre Staffelei herum.

Wer schrie da, und woher kamen die Schreie? Die Sonne stand sehr tief. Um besser sehen zu können, mußte sie die Augen mit der Handfläche beschirmen.

Ihr Blick blieb auf die Wellen gerichtet, während sie dem Ufer entgegenlief. Sie tanzten, sie bewegten sich, sie reflektierten, und sie blendeten auch. Und da waren sie wieder, die Schreie, die für Elas Geschmack noch dünner und verzweifelter geworden waren.

„Hilfe! Hilfe…"

Wer so verzweifelt rief, der mußte um sein Leben kämpfen, dies wahrscheinlich im Wasser. Da trieb jemand im Rhein, der nicht schwimmen konnte.

Selbst für einen Schwimmer war es gefährlich, in Europas größtem Strom zu baden, denn es gab gefährliche Wirbel und Strömungen, gegen die anzuschwimmen vergeblich war. Sie rissen einen hinunter in die Tiefe.

„Hilfe…!"

Diesmal hörte Ela den Schrei deutlicher, da sie dem Ufer bereits näher gekommen war. Sie lief über die Steine und Kiesel, die zwischen dem Wasser und dem Ufergras lagen.

Dann sah sie es.

Ihr Herz schlug schneller, als sie erkannte, was passiert war.

Da draußen hockte jemand auf einem Boot, das kieloben trieb. Ein Mädchen, fast noch ein Kind, und es befand sich in höchster Not.

Wie lange sich das Mädchen noch auf dem Boot halten konnte, war mehr als fraglich. Die Wellen spielten damit, sie ließen es schaukeln, drückten es nieder, um es einen Moment später wieder in die Höhe zu hieven.

Ein gefährliches Auf und Ab, das nicht lange mehr gutgehen konnte. Und das Mädchen hatte Angst. Es saß mit gespreizten Beinen auf dem Kiel und winkte verzweifelt. Wenn die Wellen höherpflügten, dann überspülten sie das Boot, machten das Holz sehr glatt, so daß es immer schwerer wurde, sich zu halten.

„Ich komme!" schrie Ela so laut wie möglich. „Halte aus!

Nur noch eine Minute!“ Sie schlüpfte bereits aus den Klamotten. Das T-Shirt flog zur Seite, die Hose hinterher; die leichten Schuhe ließ Ela an, weil sie sich auf den Steinen nicht die Haut aufreißen wollte, und dann lief sie in das Wasser hinein.

Es war, als ob sie in flüssiges Rot eintauchte. Das Wasser war trotz des warmen Wetters noch ziemlich kalt. Wellen rollten ihr entgegen, umspielten schon bald ihre Oberschenkel. Die Sonnenstrahlen auf dem Fluß schienen zu explodieren, sie sorgten aber auch dafür, daß sich das Mädchen und sein Boot wie ein Scherenschnitt vor dem farbigen Hintergrund abhoben.

Ela beeilte sich. Sie warf sich wuchtig den Wellen entgegen. Mit wilden Kraulbewegungen arbeitete sie sich voran, kam wieder hoch und hatte dennoch das Gefühl, als würde sie sich auf der Stelle bewegen. Weit draußen in der Strommitte glitt ein Motorboot vorbei, erzeugte starke Wellen, die zum Ufer rollten und über Ela hinwegschwappten. Sie hatte zuvor noch Luft holen können und kämpfte sich nun unter Wasser voran. Nur nicht aufgeben, immer weitermachen! Sie mußte das Mädchen einfach retten.

Sie kämpfte sich wieder hoch, schleuderte die nassen Haare aus der Stirn, spie schmutziges Rheinwasser aus – und sah das Boot nicht mehr so weit entfernt. Das war zu schaffen!

Aber auch das andere Mädchen kämpfte mit den tückischen Wellen, die das Boot auf und ab tanzen ließen, so daß es immer schwerer wurde, das Gleichgewicht zu halten.

Es ging um Sekunden!

Das war auch Ela klar. Deshalb verstärkte sie ihre Bemühungen und peitschte förmlich durch die Wellen.

Die Fremde hatte sie längst gesehen und auch, wie nahe Ela herangekommen war. Sie richtete sich auf und schrie mit sich überschlagender Stimme: „Ja, komm! Komm bitte...!“

Plötzlich winkte sie mit beiden Händen, als könnte es ihr gelingen, Elas Bemühungen zu beschleunigen.

Das war ein Fehler!

Sie verlor die Balance, fuchtelte noch einmal wild mit den Armen, dann kippte sie.

Ela hörte noch den Schrei. Die Gestalt verschwand im Wasser, als würde sie von unsichtbaren Armen in die Tiefe gezogen, die sie nie mehr hergeben wollte.

Es war schlimm, auch für Ela, die vor Enttäuschung laut aufschrie. Dann aber erstickte ihr Schrei in einem Gurgeln: Wasser war in ihren Mund gedrungen. Sie hustete, spuckte.

War alles umsonst gewesen?

„Nein, lieber Gott, nein!" keuchte Ela und kämpfte sich weiter voran. Zur Strommitte hin wurde es immer schwieriger; die Strömung zerrte mit aller Kraft an ihr.

Ela schwamm so schnell sie konnte. Sie hatte sich die Stelle gemerkt, wo die andere im Wasser verschwunden war, aber wahrscheinlich war sie bereits von der Strömung abgetrieben worden.

Dennoch tauchte Ela dort, kurz bevor sie das kieloben treibende Boot erreicht hatte.

Sie hielt die Augen weit geöffnet, trotz des schmutzigen Wassers, das später vielleicht Entzündungen hervorrufen würde. Aber daran dachte Ela nicht. Sie mußte das Mädchen finden: Koste es, was es wolle.

So lange wie möglich schwamm sie unter Wasser Kreise, die sie immer größer zog. Erst als Luftmangel sie dazu zwang, tauchte sie auf, atmete, keuchte, spie Wasser und holte abermals tief Luft, um wieder hinunterzutauchen.

Diesmal hatte sie Erfolg.

Plötzlich stießen ihre ausgestreckten Arme gegen etwas Weiches. Es war Kleidung, und darunter spürte sie deutlich die Umrisse eines Körpers.

Das war sie, das mußte sie sein!

Ela hielt das Mädchen fest, sie selbst trat Wasser, arbeitete nur mit den Beinen und zerrte die andere mit. Sekunden später konnte Ela wieder Luft holen. Sie legte sich auf den Rücken und war froh, daß sie von den Rettungsschwimmern einiges gelernt hatte. Sie kannte die Griffe, die man anwenden mußte, um einen Menschen sicher ans Ufer zu bringen.

Schlaff hing das Mädchen über ihr. Ela lag auf dem Rücken,

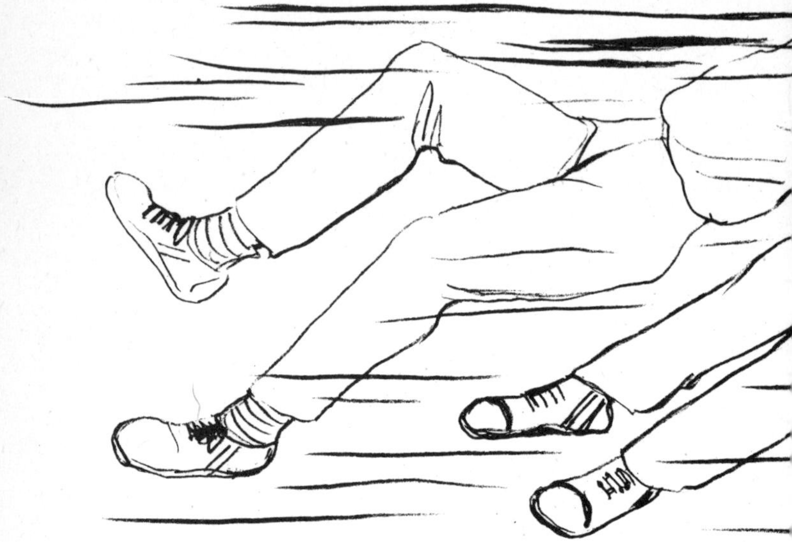

schwamm nur mit den Beinen, als sie sich, zusammen mit ihrer Last, in Richtung Ufer zurückkämpfte.

Wie gut oder schlecht es dem Mädchen ging, konnte sie nicht sagen. Es mußte viel Wasser geschluckt haben, daran bestand kein Zweifel. Aber es übergab sich nicht, es wehrte sich auch nicht, wie es oft bei Menschen der Fall war, wenn sie voller Panik steckten. Die Kleine lag bewegungslos auf ihr und ließ alles mit sich geschehen.

Bewußtlos war sie ebenfalls nicht geworden. Ela sah, daß ihre Augen weit offenstanden, möglicherweise stand sie unter Schock und reagierte deshalb nicht.

Wieder trieben Wellen heran. Auf den Kämmen bildeten sich Schaumkronen, die vom letzten Sonnenlicht angestrahlt wurden und einen rötlich-gelben Schein bekommen hatten.

Sie schwappten über beide hinweg, was Ela aber nicht mehr

störte, denn das Ufer war bereits in greifbare Nähe gerückt. Sie spürte plötzlich Grund unter ihren Füßen. Geschafft!

Die letzten Meter schleifte sie die Gerettete durch das Wasser und legte sie an einer nicht zu harten Stelle auf den Boden, um mit den Wiederbelebungsversuchen zu beginnen.

Das war nicht nötig. Das Mädchen drehte sich aus eigener Kraft zur Seite, um sich übergeben zu können. Aus ihrem offenen Mund strömte das schmutzige Rheinwasser.

Ela schlug ihr leicht auf den Rücken, das Mädchen keuchte, holte würgend und saugend Luft, hustete wieder. Nach einigen Minuten hatte sie es geschafft, sich so weit zu erholen, daß sie sprechen konnte.

An der Aussprache fiel Ela auf, daß es sich um keine Deutsche handeln konnte. Die großen dunklen Augen, das ebenfalls dunkle Haar – Ela tippte auf Spanien oder Italien.

„Wie heißt du?“ fragte Ela.

Das Mädchen holte tief Luft, hustete wieder und antwortete stotternd: „Verena...“ Sie hustete wieder. „Ich heiße Verena Scutti.“

„Italien?“

„Si.“

„Und woher dort?“

„*Venezia*, Venedig.“

„Okay, ich bin Ela Schröder.“ Sie streckte Verena die Hand hin, die das Mädchen mit beiden Händen umfaßte und Ela dann fest umarmte.

„*Grazie,* Ela, danke, danke...“

„Komm, hör auf...“

„Nein, Ela, ich kann... ich kann...“ Plötzlich fing sie an zu weinen. Die Tränen flossen wie ein Sturzbach, und Ela ließ sie in Ruhe. Das mußte einfach sein, nur so konnte sie den Schock überwinden. Alles andere wäre verkehrt gewesen.

Minuten vergingen. Die Mädchen froren, obwohl die Sonne noch sehr warm schien. Besonders Verena klapperte vor Kälte und Erschöpfung mit den Zähnen.

Ela streifte ihre Kleidung über, für Verena hätte sie gern eine Decke gehabt, aber sie hatte keine mitgenommen. Als sie den Reißverschluß der hellen Sommerjeans schloß, fragte sie: „Wie konnte das eigentlich passieren?“

Verena hockte am Boden, zog die Nase hoch, starrte ins Leere und zuckte mit den Achseln. „Weißt du, ich wollte rudern.“

„Kannst du das denn?“

„Klar. In Venedig habe ich das auch immer gemacht. Aber mit anderen Booten.“

„Gondeln?“

Verena nickte. „*Si,* mit sehr kleinen. Damit bin ich über die Kanäle gefahren.“

„Und weshalb bist du gekentert?“

„Ich verlor das Ruder, wollte es aus dem Wasser fischen und habe mich zu weit über Bord gebeugt. Da ist es eben passiert.

Plötzlich lag ich im Wasser, auch das Boot kippte und trieb schließlich kieloben."

„Du sprichst aber gut deutsch", wunderte sich Ela.

„Meine Mutter stammt aus Österreich. Sie hat in der Nähe von Salzburg gelebt. Dort hat sie meinen Vater kennengelernt. Jetzt wohnen wir in Venedig."

„Und was machst du hier?"

„Ich bin bei Bekannten zu Besuch. Eine Austauschschülerin."

„Verstehe."

„Mir ist so kalt."

„Wohnst du weit von hier?"

„Nicht sehr. Ich bin mit dem Rad gefahren. Man hatte mich gewarnt, aber ich..." Sie hob die Schultern und strich die nassen Haarsträhnen zurück. „Jedenfalls werde ich das nicht mehr machen."

„Klar."

Verena nieste. „Ich denke, daß ich nach Hause muß. Du kannst mir noch deine Adresse sagen."

Ela schrieb sie auf ein Blatt Papier, reichte es Verena und sagte: „Ich bringe dich nach Hause."

„Aber wieso...?"

„Doch, doch, meine Sachen packe ich ein. Die passen alle auf den Gepäckträger." Sie deutete auf ihre Staffelei.

„Du malst?" Verena steckte den Zettel ein und stand auf. Sie schwankte noch ein wenig, fing sich aber schnell.

„Ich versuche es, fange erst an."

„Finde ich toll." Verena stellte sich vor die Staffelei, betrachtete das begonnene Bild und meinte, wobei sie anerkennend nickte: „Bei uns in Venedig gibt es viele Maler. Die malen die alten Palazzi, die Kanäle, die vielen Brücken, aber auch die einfachen Häuser. In Venedig gibt es für Maler unheimlich viele Motive."

„Das glaube ich dir."

Verena lächelte. „Vielleicht kommst du mal."

„Das glaube ich kaum."

„Na, wer weiß..."

Ela packte ihre Sachen zusammen. Mit dem Bild würde sie noch einmal von vorn anfangen müssen, es hatte keinen Sinn, jetzt daran weiterzumalen. Es würde noch viele Sonnenuntergänge geben, das stand fest.

„Meine Gasteltern werden sauer sein", sagte Verena. „Und mein Vater erst. Ich bin doch sein Lieblingskind. Der läßt auf mich nichts kommen."

„Dann hast du keine Geschwister?"

„Nein. Du denn?"

„Einen kleinen Bruder noch."

„Sei froh."

„Weshalb?"

„Mein Vater hätte so gern einen Sohn. Er braucht einen Nachfolger, weißt du."

Ela staunte. „Das ist doch nur bei reichen Leuten der Fall."

„Nun ja..."

Ela lachte und schob ihr Rad an. „Spielt bei mir auch keine Rolle. Ich habe Freunde, ich kann malen, ich habe Spaß am Leben."

Verena lächelte. Neugierig fragte sie: „Und wer sind deine Freunde?"

„Da ist einmal Randy, und dann gibt es noch Turbo. Eigentlich heißt er ja Toshikiara, aber den Namen kann sich keiner merken."

„Klingt japanisch."

„Er stammt auch aus Japan und wohnt bei den Ritters. So heißt Randy mit Nachnamen. Die Ritters leben in einem alten Schloß, gar nicht weit von hier. Den Turm kann man von überall sehen."

„Ja", rief Verena, „den kenn ich auch. Klar, das Schloß habe ich schon gesehen. Sieht richtig toll aus."

„Ist es auch."

„Gibt es da Geheimgänge?"

„Weiß ich nicht." Ela klingelte. „Aber wenn du willst,

kannst du mal kommen. Randy und Turbo würden sich freuen."

„Ja, natürlich, das würde ich gern, aber ich schaffe es nicht mehr, verstehst du?"

„Nein."

„Übermorgen ist mein Aufenthalt hier in Deutschland zu Ende. Dann geht es wieder zurück nach Venedig. Mein Vater holt mich ab. Wir fliegen dann gemeinsam nach Hause."

Sie hatten mittlerweile das Rad von Verena Scutti erreicht. „Willst du wirklich noch mitfahren?"

„Klar, ich lasse doch meinen Schützling nicht aus den Augen. Und den Gasteltern würde ich an deiner Stelle nichts sagen. Wenn sie fragen, sagst du, daß du am Ufer auf den glatten Steinen ausgerutscht bist."

„Das müssen sie mir erst einmal glauben."

„Na ja, ist deine Sache."

Sie radelten nebeneinander her, bis sie eine Neubausiedlung erreichten, wo die Häuser alle gleich aussahen und auf sehr kleinen Grundstücken standen.

Vor einem grüngestrichenen Gartenzaun blieben die Mädchen stehen. „Willst du noch mit reinkommen?" fragte Verena.

„Nein, ich muß schnell nach Hause."

„Sehen wir uns morgen? Es ist doch mein letzter Tag hier."

Ela verzog das Gesicht, als hätte sie in eine Zitrone gebissen. „Das geht leider nicht. Wir haben Wandertag und machen einen Ausflug, der sich bis zum Abend hinzieht. Es geht hoch ins Emsland, wo wir die Moore besuchen. Ich wäre gern gekommen, wirklich."

Verenas schöne schwarze Augen zeigten einen traurigen Glanz. „Das ist schade, Ela, sehr schade." Sie hob die Schultern. „Ist da wirklich nichts zu machen?"

„Nein."

„Dann bis irgendwann einmal." Sie umarmte Ela. „Nochmals danke, ich kann dir nicht sagen ..."

„Hör doch auf."

„Nein, nein, du wirst von mir hören, das verspreche ich dir. Vielleicht nicht sofort, aber vergessen werde ich dich nicht, Ela, darauf kannst du Gift nehmen."

„Lieber nicht, ich möchte noch ein bißchen leben."

Beide lachten, bis Verena Scutti fragte: „Wie hießen noch deine beiden Freunde?"

„Randy und Turbo."

„Ah ja..."

„Weshalb willst du das wissen?"

„Nur so." Sie lachte. „Wie sagt man neuerdings bei euch? Tschau?"

„Richtig. Oder tschaui."

„Das gefällt mir nicht." Sie öffnete das kleine Tor. „*Arrivederci,* Ela, *arrivederci*..."

„Ja, auf Wiedersehen, Verena", murmelte Ela Schröder und drehte ihr Rad.

Sehr langsam und nachdenklich fuhr sie wieder zurück. Unterwegs dachte sie über Verena Suctti nach.

Sie war sich selbst nicht sicher, doch sie hatte den Eindruck, als wäre Verena etwas bedrückt gewesen. Jedenfalls wirkte das Mädchen nicht besonders glücklich. Sie schien viel allein zu sein. Vielleicht hatten ihre Eltern zu wenig Zeit für sie.

Ob sie wirklich noch einmal etwas von sich hören ließ? Ela bezweifelte es. Schön wäre es schon gewesen; sie mochte Verena. Aber wie hieß doch gleich das Sprichwort: „Aus den Augen, aus dem Sinn..."

Zu Hause wurde sie bereits sehnsüchtig erwartet. Natürlich stellten ihre Eltern Fragen, denn ihre Schuhe waren noch immer naß.

„Ich bin ausgerutscht."

Frau Schröder lächelte süffisant. „Beim Malen?"

„Nein, vorher."

„Nun ja, das ist dein Problem. Du bist alt genug. Jedenfalls mußt du deine Schuhe erst mal trocknen lassen, bevor du sie putzt."

„Mach ich alles. Wo ist Biene?"

„Vater ist mit ihr weg."

„Danke." Sie ging die Treppe hoch, denn ihr Zimmer lag oben. Frau Schröder schaute ihrer Tochter kopfschüttelnd nach. Etwas stimmte mit Ela nicht, da kannte sie ihre Tochter gut genug.

In den nächsten Tagen und Wochen hörte Ela nichts von der neuen Freundin aus Italien. Nicht einmal eine Karte mit einem Gruß traf ein. Die Zeit verging, der Sommer brach an.

An Verena Scutti dachte Ela schon lange nicht mehr. Bis zu dem Tag Anfang Juni, als der Briefträger ihr einen eingeschriebenen Brief aus Italien überreichte...

2. Einladung nach Italien

Große Pause!

Hully-Gully und Trouble auf dem Schulhof. Die Kinder aus den tieferen Klassen tobten über den Hof und rannten wie aufgescheuchte Hühner umher. Sie spielten Fangen, sie spielten Verstecken oder Fuß- und Handball.

Die Größeren natürlich nicht. Diejenigen, die kurz vor dem Abitur standen, hockten meist diskutierend zusammen. Manche paukten noch für die folgende Stunde, andere wiederum schäkerten mit den Mädchen.

Dann gab es noch die Schüler aus der neunten und zehnten Klasse. In die zehnte ging Randy Ritter, der Freund Elas, die zusammen mit Turbo die neunte Klasse besuchte.

In der Pause, das war so abgemacht, trafen sich die Freunde stets in ihrer Ecke. Manchmal zu dritt, hin und wieder standen sie auch mit anderen zusammen.

An diesem Vormittag hatte Randy den Platz als erster erreicht. Er hockte sich unter einen Baum und wartete auf seine Freunde. Das Pausenbrot mit Käse und einer Tomate schmeckte gut; seine Mutter wußte, was er mochte. Dazu trank er Milch aus der Tüte. Ein Klassenkamerad kam. Sie nannten ihn Wichtel, weil er so klein war. Unter seinen Arm hatte er eine Mappe geklemmt.

Randy schaute ihm skeptisch entgegen. Er mochte Wichtel nicht so sehr, denn irgendwie war der link. Der scheute sich nicht, andere anzuschwärzen, wenn es um seinen Vorteil ging.

Vor Randy blieb Wichtel stehen.

„Geh mir aus der Sonne, Knabe“, sagte Randy locker und biß in sein Käsebrot.

„Hat das nicht ein Römer gesagt?“

„Es war ein Grieche. Er hieß Diogenes und hat sein Leben in der Tonne verbracht.“

„Konnte der auch rechnen?“

„Alle Philosophen damals waren auch Mathematiker."
„Gut, bist ja spitze." Wichtel strich über sein streichholzkurz geschnittenes Haar. Er hatte ein rundes Gesicht mit einem breiten Mund und abstehenden Ohren.
„Was willst du denn?"
„Deinen Rat!"
Randy schluckte den letzten Bissen und trank die Milch aus.

Die leere Tüte drückte er zusammen und schleuderte sie mit einem gezielten Wurf in den Abfalleimer. „Du packst die Mathe nicht."

„Richtig."

„Ich weiß was dagegen."

Wichtels Augen bekamen einen interessierten Glanz. „Ja – was denn?"

„Üben, Wichtel", erklärte Randy und spitzte bei jedem Wort die Lippen. „Nur üben."

„Ach nee."

„Ach ja."

„Das hätte mir auch mein Großonkel sagen können, du Hirnie."

„Kann der auch Mathe?"

„Klar."

„Dann geh doch zu ihm."

Wichtel tippte gegen seine Stirn. „Da müßte ich auf die Fidschiinseln fahren."

„Warum nicht?"

„Zahlst du das Ticket?"

Randy winkte ab. „Merkst du eigentlich nicht, daß du störst und ich jetzt keinen Bock habe. Du kannst mir später das Zeug zeigen, jetzt braucht der Vater seine Ruhe."

„Du störst wirklich, Wichtel!" sagte Ela, die mit Turbo im Schlepptau endlich aufgetaucht war.

„Du wieder."

„Was soll das denn heißen?" Sie baute sich vor dem Jungen auf und schaute ihn scharf an.

„Nichts, überhaupt nichts." Wichtel winkte ab und verschwand.

„Weißt du, was der ist, Randy?"

„Sag es lieber nicht."

„Doch, der ist widerlich, der ist eine Petze, der ist schmierig."

„Weiß ich selbst." Randy stand auf und lehnte sich gegen den Baumstamm. „Gibt es irgendwelche Probleme?" fragte er.

„Sollte es die geben?“

Er zwinkerte Ela zu. „Du und Turbo, ihr seht irgendwie komisch aus. Oder macht so einen Eindruck.“

„Wer sagt dir das denn?“ Ela konnte sich ein Grinsen nicht verkneifen, auch ein Beweis, daß Randy ins Schwarze getroffen hatte. Turbo stieß sie in die Seite. „Sag's ihm schon. Laß ihn nicht dumm sterben.“

Ela nickte. Sie hatte ihr Haar mal wieder hoch gesteckt und es zu einem Dutt frisiert. „Ich habe Post bekommen.“

Randy grinste breit. „Wer sollte dir schon schreiben?“

„Du bestimmt nicht.“

„Weiß ich.“

„Aus Italien“, sagte Turbo, bevor er hinzufügte: „Sogar aus dem schönen Venedig.“

„*O sole mio* ...“ fing Randy an zu singen und wurde von Ela unterbrochen.

„Das hat mit Venedig nichts zu tun.“

„Ist mir auch egal.“

„Hast du heute deinen muffigen Tag?“ fragte Ela.

Turbo meinte: „Ist mir heute morgen eigentlich nicht so aufgefallen. Vielleicht hat ihn der Wichtel aufgeregt. Der würde mich auch bekloppt machen.“

Randy schaute auf die Uhr. „Was ist denn mit Italien? Los, Ela, sag schon. Mach es nicht so spannend. Gleich ist die Pause vorbei.“

„Hm, hm ...“ Ela genoß die Überlegenheit ihres Wissens und zog mit einer aufreizend langsamen Bewegung einen Briefumschlag aus der Tasche, der schon aufgeschlitzt war. Sie wedelte mit dem Brief vor Randys Nase. „Das ist die Nachricht des Jahres, Herr Ritter.“

„Ist Venedig versunken oder zusammengebrochen? Man hört und liest ja so einiges.“

„Seit wann kannst du lesen?“ fragte Turbo und erntete von seinem Freund einen bösen Blick.

„Nein, Venedig steht noch.“ Ela wedelte weiter. „Ein Glück für uns, kann ich nur sagen.“

„Ach ja?"

„Ich bin nämlich eingeladen worden, Randy. Ich! Stell dir das mal vor."

Randy lachte prustend. „Welcher Galgenkopf ist denn so blöd und lädt dich ein?"

Ela streckte ihm die Zunge heraus. „Das kann ich dir sagen. Der gleiche Galgenkopf, der mir schrieb, daß ich auch meine beiden besten Freunde mitbringen könnte. Turbo zähle ich dazu. Bei dir, Randolph, bin ich mir nicht mehr sicher."

„Aber Möpschen", sagte Randy fast wehleidig, „wer wird denn gleich so sauer sein?"

„Ich bin nicht sauer, ich finde dich nur blöd."

Randy wandte sich an Turbo. „Hör mal, stimmt das mit dieser Einladung nach Venedig?"

„Exakt."

Randy schluckte und schaute ziemlich verlegen aus der Wäsche; damit hätte er nicht gerechnet.

„Wir drei", wiederholte Turbo.

Randy schüttelte den Kopf. „Das versteh' ich nicht."

„Dann lies den Brief endlich." Ela zupfte das Schreiben aus dem offenen Umschlag. „Auch wenn du's nicht verdienst."

„Du kannst ihn laut vorlesen", schlug Turbo vor. „Dann können wir testen, wie gut du bist."

„Ha, ha, gleich muß ich aber lachen." Randy faltete den Brief auseinander und strich das Papier glatt.

Ela und Turbo lehnten sich gegen den Baumstamm. Ihre Gesichter zeigten einen wissenden, abwartenden Ausdruck. Sie waren gespannt darauf, wie Randy wohl reagieren würde.

Er las. „‚Liebe Ela!'" Dann der erste Kommentar: „Aha, sie liebt dich also."

„Lies weiter, Quatschkopf."

„‚Es ist mir schon peinlich, daß ich erst jetzt schreibe, und Du wirst Dich auch gewundert haben, daß Du keine Nachricht von mir bekommen hast. Ich muß mich wirklich schämen, aber ich habe mich einfach nicht getraut, die Sache meinem Vater zu erzählen. Dafür kann ich Dich nur um Verständnis bitten. Nun

aber habe ich mich endlich überwunden. Du glaubst nicht, wie mein Vater geschluckt und geguckt hat. Dem wären die Nudeln fast im Hals steckengeblieben. Danach ist er kalkweiß geworden, hat nur still am Tisch gesessen und mit dem Kopf geschüttelt. Stunden habe ich dann mit ihm geredet und Vorwürfe bekommen. Auch deswegen, daß ich nichts von mir habe hören lassen. Ich erzählte ihm von Dir und Deinen Freunden, und mein Vater, er ist ein Mann schneller Entschlüsse, hat sofort entschieden. Eine kleine Wiedergutmachung muß sein, hat er gesagt, und lädt euch drei ein nach Venedig. Ihr könnt so lange bleiben, wie ihr wollt. Gebt mir nur Bescheid, wann es Euch zeitlich am günstigsten erscheint. Ich warte auf eine Nachricht von Dir, Ela. Viele liebe Grüße und noch einmal meinen herzlichsten Dank für alles...'"

Randy ließ den Brief sinken und schaute Ela an, die ihm das Schreiben aus der Hand nahm. „Jetzt guckst du, wie?"

„Und ob."

Turbo meldete sich. „Da kannst du sagen, was du willst, Randy. Ich finde es super, echt stark."

Randy nickte. „Nicht schlecht, Herr Specht. Venedig – da war ich auch noch nie."

„Willst du denn fahren?"

Er hob die Schultern. „Ich weiß nicht, ob das alles so klappt. Wir kennen die Leute nicht."

„Verena Scutti ist schon in Ordnung", verteidigte Ela die Italienerin. „Sie ist prima."

„Scutti?" fragte Turbo.

„Ja, kennst du sie?"

„Der Name zumindest kommt mir bekannt vor. Den habe ich schon oft gelesen und gehört."

„Wo denn?"

„Keine Ahnung, Ela. Ich komme noch darauf. Nach der Schule sage ich euch Bescheid."

Schule war genau das Stichwort. In ihrem Eifer hatten sie nicht bemerkt, daß die Pause vorbei war. Sie mußten sich beeilen, zu spät kamen sie trotzdem.

Während es bei Ela und Turbo nicht auffiel, weil sich der Lehrer ebenfalls verspätet hatte, bekam Randy sein Fett weg. Ob die Pausenzeiten für ihn nicht gelten, wurde er gefragt.

„Ich mußte noch mal eben zur Toilette."

„Aha. War die Pause so kurz?"

„Ich kann das nicht einteilen."

„Gut, setz dich."

Die anderen grinsten. Wichtel starrte zu ihm hinüber und machte Handzeichen, die Randy geflissentlich übersah.

Die restlichen Stunden wurden für ihn zu einer Quälerei. Seine Gedanken drehten sich um den Brief und um Venedig. Konzentrieren konnte er sich kaum und war heilfroh, als dieser Schultag vorbei war.

Wichtel hielt ihn fest. „He, Ritter, was ist jetzt mit den Mathe-Aufgaben?"

„Keine Zeit."

„Feiger Hund!"

„Los, verschwinde, Wichtel. Back dir ein Eis und hau ab. Es gibt noch andere, die Mathe können."

„Werde ich mir merken."

„Meinetwegen."

Bei den Rädern warteten Ela und Turbo. „Na, ist dir die Zeit auch so lang vorgekommen?"

„Und wie, Turbo."

„Hast du dich entschieden?"

„Ich würde fahren."

„Wir auch", sagte Ela. „Nur muß ich das erst noch meinen Eltern verklickern."

„Die sagen schon ja. Außerdem sind wir ja bei dir."

Ela schloß ein Auge und zwinkerte Randy zu. „Das ist es ja, mein Lieber. Ihr seid bei mir. Immer, wenn ihr bei mir gewesen seid, gab es Ärger. Soll ich die einzelnen Fälle aufzählen?"

„Das wird zuviel." Turbo lachte.

Es muß ja nicht immer so sein." Randy öffnete das Schloß und schob sein Rad an. „Und ein verlängertes Wochenende könnten wir uns schon gönnen."

Ela nickte. „Es kostet auch nichts. Verenas Vater will alles bezahlen, hat sie noch auf einem zweiten Blatt geschrieben."

Randy nickte. „Hat der alte Scutti denn soviel Geld?"

„Scheint wohl so zu sein, ich . . ."

„Nein!" rief Turbo. „Nicht du, sondern ich habe es herausgefunden."

„Was?"

„Der Name Scutti." Turbo tippte gegen seine Stirn. „Jetzt weiß ich Bescheid."

„Sag schon!"

Der Junge aus Japan grinste breit und bekam glänzende Augen. Ela und Randy krausten die Stirn. „Hat das etwas mit Hunger, Essen und so weiter zu tun?" fragte sie.

„Ja, und so weiter. Scutti-Nudeln, das ist es. Wie oft habe ich die schon bei euch gegessen, Randy."

„Das stimmt", mußte dieser zugeben.

Ela verzog das Gesicht und schüttelte den Kopf. „Also ich weiß nicht. Die Nudeln kenne ich auch. Ob das gerade dieser Scutti ist? Da bin ich mir nicht sicher."

„Wir werden es herausfinden." Turbo rieb seine Hände. „Jetzt möchte ich nach Hause und essen. Was gibt es denn? Hat dir deine Mutter heute morgen was gesagt?"

„Nein." Randy schwang sich auf sein Rad. „Ich könnte mir vorstellen, daß es Scutti-Nudeln gibt. Dazu Soße und Käse . . ."

„Wäre nicht das Schlechteste!" rief Turbo und trat in die Pedalen . . .

Nudeln gab es nicht, dafür Bratwurst, Salzkartoffeln und Blumenkohl mit einer hellen Soße.

In der Küche saß Frau Ritter mit den beiden Jungen zusammen. Dr. Ritter war an diesem Tag nicht da. Er und Alfred, im Hause Ritter Mädchen für alles, besuchten eine Firma, um sich über ein Projekt zu informieren.

Das Essen schmeckte beiden, aber Frau Ritter war trotzdem nicht zufrieden und schüttelte einige Male den Kopf.

„Was hast du denn, Mutti?"

„Irgendwas ist los mit euch."

„Klar. Alles, was nicht angebunden ist."

„Über die Witze habe ich in meiner Jugend schon nicht lachen können. Die kannst du dir sparen. Was geht in euren Köpfen herum? Raus mit der Sprache." Sie schaute ihren Sohn an und auch Turbo, der gar nichts sagte und vor sich hin schaufelte.

„Es ist im Prinzip nichts, Mutti."

„Ah, nur im Prinzip."

„Richtig."

„Und was ist wirklich?"

Randy schnitt ein Stück Wurst ab, steckte es in den Mund, kaute bewußt langsam, um Zeit zum Überlegen zu haben, schluckte, trank noch einen Schluck Wasser und meinte dann: „Turbo kann es dir auch sagen."

„Ich will es aber von *dir* wissen!"

„Na schön." Randy legte das Besteck zur Seite. „Ela hat eine Einladung bekommen und wir auch."

„Freut euch doch!" Frau Ritter lächelte.

„Das machen wir auch."

„Dann ist ja alles klar. Wo soll die Party stattfinden?"

„In Venedig!"

Frau Ritter saß starr. Sie schloß die Augen, öffnete sie wieder, schüttelte den Kopf und fragte flüsternd: „Wie war das, bitte schön?"

„Wir sind nach Venedig eingeladen."

„Weiter nicht?"

„Nein."

„Und wer hat euch die Ehre dieser Einladung gegeben?"

„Eine Bekannte von Ela, der sie mal das Leben gerettet hat. Sie wollte sich so bedanken."

Frau Ritter schaute verwirrt von einem zum anderen. „Gut", sagte sie, „es ist alles gut. Turbo, da mein Sohn in Rätseln spricht, möchte ich dich bitten, mir alles genau zu erzählen. Bist du dazu in der Lage?"

„Das hoffe ich."
„Dann los, bitte."
Turbo zog vom Leder. Er erzählte von Ela, von dem Brief und meinte zum Schluß: „Wir wollen gemeinsam fahren. Ela, Randy und ich. Es kostet uns nichts. Verenas Vater hat uns eingeladen."
„Und wann wäre das?"
„Das müßten wir noch absprechen. Soll ja nur ein verlängertes Wochenende sein, Mutti."
„Ja... ausgerechnet ihr drei wollt los."
„Ist das denn so schlimm?"
„Nein, überhaupt nicht", erklärte Frau Ritter staunend. „Das ist überhaupt nicht schlimm."
Turbo strich über sein Haar. Er hatte schon am Tonfall der Antwort gehört, daß es Frau Ritter nicht recht war.
„Darf Ela denn auch?"
„Darüber haben wir noch nicht geredet. Aber ich kann mir nicht vorstellen, daß Frau Schröder etwas dagegen hat."
„Ich werde sie mal anrufen."
„Klar, Mutti."
Frau Ritter blieb am Tisch sitzen. „Wißt ihr, bei euch habe ich da meine Bedenken."
„Es passiert schon nichts", sagte Randy und aß weiter.
„Das habt ihr immer gesagt."
„Verena Scutti will uns nur die Stadt zeigen. Und wenn wir in einen Kanal fallen, macht das auch nichts, denn wir können schwimmen. Ich dachte mir, daß wir an einem Feiertag fahren. Das ist der Donnerstag, Himmelfahrt. Danach ist schulfrei, du weißt, daß wir diesen Tag schon vorher rausgeholt haben."
„Es läuft alles prima für euch. Ihr habt mich so richtig überrumpeln können."
„Aber nicht extra."
Marion Ritter schüttelte den Kopf. „Ich möchte die Entscheidung allein nicht treffen."
„Wann kommt Vati denn zurück?"
„Gegen Abend."

„Der sagt bestimmt nicht nein. Das glaube ich nicht."

Frau Ritter schüttelte den Kopf. „Wenn du dich da mal nicht täuschst. Die Sache mit diesem Mister Gänsehaut hat ihn doch ziemlich getroffen." *

„Das ist vorbei."

Frau Ritter legte die Hände auf den Tisch. „Also, ihr könnt warten, bis dein Vater gekommen ist, Randy. Sonst noch was?"

„Ja, Frau Ritter." Turbo kratzte mit der Gabel über seinen Teller. „Kann ich noch einen Nachschlag haben...?"

* Siehe Schloß-Trio Band 17: „Mister Gänsehaut"

3. Fette Beute

Es war einer jener Tage, wie es sie hier immer wieder, auch im Sommer, gab. Venedig, die Lagunenstadt, verschwamm im Nebel. Gassen und Plätze waren geisterhaft still, selbst die Tauben auf dem weltbekannten Markus-Platz hatten sich zur Ruhe gesetzt.

Nur hin und wieder war das Klatschen des Wassers zu hören, wenn jemand etwas hineingeworfen hatte. Der Schiffsverkehr war fast völlig eingestellt worden, nur auf dem Canale Grande bahnte sich, vorsichtig fahrend und dumpf tutend, ein einsames Schiff seinen Weg.

Der Mann, der in der Nähe des Canales in einer der zahlreichen kleinen Bars hockte, lauschte dem Tuten nach, dessen Schall durch das schräggestellte Fenster an seine Ohren drang. Die Bar war klein, bestand nur aus einem viereckigen Raum, dessen Steinfußboden selbst im Sommer Kälte ausstrahlte.

Hinter der Theke stand der Wirt und putzte Gläser. Um den einzigen Gast kümmerte er sich nicht. Die beiden kannten sich lange und hatten sich kaum etwas zu sagen.

Der Mann am Tisch hieß Mario. Auf dem Kopf trug er eine Wollmütze. Der Oberlippenbart hing traurig an seinen Mundwinkeln herab. Hin und wieder schaute er durch den Fensterspalt auf einen kleinen Kanal, der im dichten Nebel nurmehr zu ahnen war.

Nicht einmal die schmale Brücke über dem Kanal war zu sehen. Sie gehörte zu einer der 400 Brücken, für die Venedig bekannt war.

Der Wirt hustete und schimpfte über das feuchte Nebelwetter. Mario hörte es und drehte dem dicken Mann mit der Halbglatze sein Gesicht zu. „Dagegen hilft nur ein Grappa."

Der Wirt nieste und nickte dabei. „Meine ich auch, Mario. Was ist? Trinkst du einen mit?"

„*Si.* Gibst du ihn aus?"

„Heute ja."

Mario schaute wieder aus dem Fenster, hörte das Gluckern, als der scharfe Schnaps in die Gläser floß, danach die Echos der Schritte auf dem kahlen Steinbogen. Der Wirt stellte beide Gläser auf den Tisch und setzte sich seinem Gast gegenüber.

„*Salute*, Mario!“

Der nickte und hob sein Glas an den Mund. Es war gut gefüllt. Das Zeug brannte in der Kehle und wärmte den Magen.

Beide schüttelten sich, als sie ihre Gläser abstellten. „Und was ist nun?“ fragte der Wirt.

„Ich warte.“

„Bei dem Wetter kommen sie nicht.“

„Hast du eine Ahnung. Die werden da sein, das kannst du mir glauben. Sie müssen nur langsamer fahren.“

Der Wirt nickte trübsinnig. „Venedig stirbt, Mario. Ich sage dir, daß es bald vorbei ist.“

„Dann bin ich nicht mehr da.“

„Aber ich muß bleiben.“ Der Wirt wechselte das Thema. „War es in Düsseldorf auch so neblig?“

„Nein, da schien die Sonne.“

„Man sollte nach Deutschland gehen, wirklich. Dort mache ich dann eine Pizzeria auf, verkaufe unseren Landwein und den Grappa doppelt so teuer und kann mich in zehn Jahren zur Ruhe setzen.“ Er verdrehte die Augen. „Das wäre ein Leben.“

„Klar. Weshalb tust du es nicht?“

„Weil ich ein armes Schwein bin, an dieser halbtoten Stadt hänge und zusehen möchte, wie sie endgültig stirbt.“

Mario schüttelte den Kopf. „Das wirst du nicht mehr erleben. Venedig hat schon anderes durchgehalten. Es wird auch das nächste Jahrtausend noch erleben.“

„Mal schauen.“

Das Gespräch der beiden Männer versickerte. Mario widmete sich wieder seinem Grappa. Beim zweiten Schluck hatte er das Glas leer, schüttelte sich allerdings ebenso wie nach dem ersten.

„Willst du noch einen Kaffee?“

„*Si,* einen Espresso.“

„Mach' ich.“

Auf der Theke stand die blitzende Espressomaschine. Auf ihrer Oberfläche spiegelten sich die Lichter der beiden Deckenleuchten wie strahlende Sterne.

Es war ruhig in der kleinen Bar. Selbst Touristen verirrten sich kaum in diese enge Seitengasse, und bei diesem Nebelwetter kam erst recht niemand.

Mit den beiden Tassen kam der Wirt wieder an den Tisch, begleitet vom Nachzischen der Maschine. Es hörte sich an, als wollte eine alte Dampflok ihren Geist aufgeben.

„Wie lange willst du noch warten, Mario?"

„Bis sie angekommen sind."

„Soll ich dir ein Bett holen, *amico*?"

„Nein, das ist nicht nötig. Ich weiß, daß sie kommen. Sie werden noch vor Einbruch der Dunkelheit hier sein, das kannst du mir glauben."

„Was spielt das für eine Rolle? Ob Tag oder Nacht? Du siehst doch nichts."

„Kann ich nicht sagen."

Die Männer schlürften ihren Espresso. Vom Canale Grande wehte nicht mehr der Klang des Signalhorns herüber. Es hatte sich angehört, als wollte es die Geister von der Friedhofsinsel San Michele aufwecken.

Mario rauchte eine Zigarette und schaute den Qualmwolken nach, die träge auf den Fensterspalt zutrieben und sich dahinter mit den nassen Schwaden vermischten.

Er empfand alles als traurig, als tot, als verloren und dachte an Deutschland, wo er seine Spuren und der Polizei Kopfzerbrechen hinterlassen hatte.

Er und seine Kumpanen hatten in Düsseldorf richtig abgeräumt. Sie hofften, hier in den nächsten Wochen Ruhe zu haben, bis Gras über den Fall gewachsen war. In den Zeitungen hatte der Diebstahl auf den ersten Seiten gestanden und war für einige Zeit Tagesgespräch gewesen.

Die wertvollsten Antiquitäten hatten die Diebe von der Ausstellung mitgehen lassen: Möbelstücke, Bilder, Figuren. Alles alte italienische Kunst, auf die zahlungskräftige Käufer schon lauerten.

Das war ein Coup gewesen, und Mario klopfte sich noch jetzt im Geiste auf die Schulter.

Er schlürfte seinen Espresso, schaute hin und wieder aus dem Fenster, sah aber nur die träge dahinwabernden Nebelschwaden.

„Morgen soll die Sonne wieder scheinen", meinte der Wirt. „Das haben sie im Wetterbericht gesagt."

„Klar, übermorgen regnet es, einen Tag später bekommen wir Hochwasser, danach wieder Nebel."

Er erntete ein Grinsen. „Schön ist das, da kann sich niemand darüber beschweren, daß es keine Abwechslung gibt."

„So gesehen hast du recht. Mir ist die Sonne trotzdem lieber, das schwöre ich dir."

„Sie lockt nur die Fremden an."

„Mir egal. Ich kenne genügend Stellen, wo ich mich verkriechen kann. Und wenn es auf dem Friedhof ist."

„Da gehe ich freiwillig nicht hin."

„Brauchst du auch nicht." Mario nahm plötzlich eine gespannte Haltung ein.

„Ist was?"

„Sie kommen", flüsterte er und grinste dann. „Ich habe es dir doch gesagt."

„Wo denn?"

Mario erhob sich und öffnete das Fenster so weit wie möglich. Daß die trägen Schwaden in den Raum krochen, störte ihn nicht. Er beugte sich weit vor und drehte den Kopf nach links.

Vom Wasser her stieg ein nicht gerade angenehmer Geruch in seine Nase. Daran gewöhnte man sich, wenn man in Venedig lebte. Aus dem über dem Kanal liegenden Dunst schälte sich der hochgezogene, schlanke Bug eines Schiffes heraus. Es war eine Gondel, die geisterhaft über das Wasser glitt, und der Gondoliere, der sie lenkte, war wie eine Gestalt aus dem Geisterreich.

Mario spitzte die Lippen und stieß zweimal einen kurzen Pfiff aus. Der Gondoliere pfiff zurück; er hatte verstanden.

„Gut", flüsterte Mario, schloß das Fenster und drehte sich um.

„Soll ich die beiden Kisten schon holen?"

„Das machen wir zusammen."

„*Bene,* ich warte."

Mario glitt auf die schmale Eingangstür mit der Fensterscheibe aus Murano-Glas zu und öffnete.

Er ging in die kalten Schwaden hinaus und blieb an einem Pfosten stehen, der wie ein abgebrochener Arm aus dem Wasser in die Höhe ragte. Der Gehsteig entlang der alten Häuserfront bestand aus Steinen, die an vielen Stellen Risse zeigten, eine Folge des immer wiederkehrenden Hochwassers, das Venedig ungefähr hundertmal im Jahr erwischte und inzwischen zum großen Problem für die alte Stadt geworden war.

Im Moment hatten sie Glück, aber nach einem starken Regen würde die Stadt wieder überschwemmt sein.

Der Nebel verwandelte das normale Boot in eine Geistergondel, die lautlos näher glitt. Jedes Geräusch wurde von den Schwaden erstickt. Der Gondoliere hatte seine lange Ruderstange zur Seite gelegt.

Aus dem Nebel schoß etwas hervor, das zuerst einem zukkenden Schlangenkörper glich. Es war keine Schlange, nur ein Tau, das Mario auffing und geschickt um den Pfosten wikkelte.

Die Gondel, die vorbeigleiten wollte, wurde zurückgehalten wie ein Pferd, das der Reiter scharf zügelt. Die rechte – die Steuerbordseite – schrammte über Gestein, die Gondel schaukelte noch ein wenig, dann kam sie zur Ruhe.

Aus dem Nebel drang dumpf die Stimme des Gondoliere. „Alles klar, Mario?"

„*Si,* du kannst deinen Kahn verlassen."

Der Mann sprang von Bord. Er trug eine Winterjacke, die ihn kaum dicker machte. Eine lange dürre Gestalt mit einem knochigen Gesicht und tief in den Höhlen liegenden Augen.

Die beiden begrüßten sich, indem sie ihre Handflächen gegeneinanderschlugen. „Ich habe lange gebraucht, aber der Nebel war einfach zu schlimm. Kaum jemand fährt."

„Gut, daß du da bist, Dino."

Der knochige Dino Varese lachte. „Ich komme doch immer an. Außerdem wartet der *Patrone*."

„Hat er was gesagt?"

„Nein. Aber die Kunden bedrängen ihn. Sie rufen ihn dauernd an. Sie wollen die Ware. Der Patrone hat sogar den Preis noch mehr in die Höhe treiben können."

„Fällt da auch für uns was ab?"

„Ich werde es noch versuchen."

„Mach das. Schließlich sind wir die besten in diesem Geschäft. Das sollte der Patrone endlich wissen."

„Klar doch." Dino schlug seinem Kumpan auf die Schulter. „Aber jetzt laß uns die Sachen holen."

Sie gingen durch die leere Bar. Mario hatte die Führung übernommen. Er schritt auf eine Hintertür zu. Sie mußten drei Stufen hinabgehen und standen dann in einem kleinen Raum, in dem der Wirt seine Vorräte lagerte. Zwei Holzkisten, deren Deckel vernagelt waren, fielen sofort ins Auge.

„Ist das alles?" fragte Dino.

„Spinnst du? Ich habe das nur gut verpackt. Da sind Werte von bestimmt Milliarden Lire."

Dino grinste. „Wenn du das sagst."

Der Wirt nieste wieder und schimpfte auf das Wetter. „Ich helfe euch, *amici*."

„Nein, das machen wir selbst. Zu zweit können wir die Kisten besser tragen!" entschied Mario.

„War nur gut gemeint."

„Wissen wir."

Die Männer bückten sich und hoben die erste Kiste zugleich an. Sie war verflixt schwer; die beiden schwankten mühsam durch den feuchten Keller mit den schimmligen Wänden. An der Treppe setzten sie die Kiste kurz ab. Dann wechselten sie die Plätze.

Mario, der kräftiger war, faßte hinten an, Dino ging rückwärtsgehend voraus, und so quälten sie sich die Stufen hoch, bestaunt vom Wirt, der schon in der Bar stand und sich am Kopf kratzte.

Sie stellten die Kiste ab, keuchten, schüttelten ihre Arme aus und nickten.

Die zweite Kiste war etwas leichter, trotzdem waren sie froh, als sie neben der ersten stand.

„Noch was?" fragte Dino.

„Ja, die Madonna."

„Wo ist sie?"

„Auch unten. Ich hole sie."

Mario verschwand, während Dino einen Grappa bekam, den er in einem Zug herunterkippte. Danach holte er ein Bündel Scheine aus seiner Jackentasche und drückte sie dem Wirt in die Hand. „Deine Provision."

„*Grazie,* sehr schön." Der Mann steckte das Geld in seine Hosentasche. „Wann kann ich wieder etwas für euch tun?"

„Keine Ahnung. Erst einmal muß das Zeug verkauft werden, danach sehen wir weiter."

„Immer zu Diensten, das wißt ihr doch."

Dino gab ihm keine Antwort. Er drehte sich um, weil er Marios Schritte gehört hatte.

„Da ist sie!" flüsterte Mario fast andächtig. Seine Augen

glänzten dabei. Er trug die in Ölpapier eingewickelte Madonna so vorsichtig wie eine Mutter ihr Kind.

Dino kam auf ihn zu. „Kann ich die mal genauer sehen?"

„Nein, nicht. Sie ist unheimlich wertvoll. Über fünfhundert Jahre alt, ein Wahnsinn."

„Das glaube ich auch."

„Wie habt ihr die denn bekommen?" fragte der Wirt.

Mario hob die Schultern. Er grinste breit. „Wir sind eben die Besten, wir sind die Stars, verstehst du?"

„Das glaube ich mittlerweile auch." Der Wirt nickte anerkennend. „Ein hartes Stück Arbeit."

„Richtig. Dazu noch in einem fremden Land."

„Sollen wir?" fragte Dino. Sein Kumpan war einverstanden. Sie trugen die Kisten nach draußen und verstauten sie in der Gondel, die etwas schwankte, als sie belastet wurde.

Decken lagen bereit. Dino breitete sie über die beiden Holzkisten. Auf dem Gehsteig stand der Wirt. Er hielt die Madonna und reichte sie Mario, der sie vorsichtig an sich nahm.

„Wenn man die selbst verkauft, ist man für eine Weile aus dem Schneider", erklärte Mario.

„Oder tot", erwiderte Dino trocken. „Du weißt selbst, daß der Patrone keinen Spaß versteht. Ich möchte nicht als Leiche in einem der Kanäle schwimmen."

„Stimmt."

„Soll ich lostäuen?" fragte der Wirt. *„Si."*

„Und wann sehen wir uns wieder?"

„Wir kommen zu dir, um zu feiern." Mario hob die Hand zum Gruß. Dino hatte bereits die lange Ruderstange in das schmutzige Wasser des Kanals getaucht.

„Ich freue mich, *amici*."

Das Tau klatschte in die Gondel. Noch einmal scheuerte die Bordwand gegen das Gestein, dann fuhr die Gondel ebenso geisterhaft davon, wie sie gekommen war.

Der Wirt steckte seine rechte Hand in die Hosentasche und spielte mit den Scheinen. Als er das Knistern hörte, war es für ihn wie eine wunderschöne Musik ...

4. Überraschung in Venedig

Von Mestre aus, der letzten Stadt auf dem Festland, war der Zug über den Lagunendamm gefahren. An seinem Ende fing Venedig, die Stadt in der Laguna Veneta, einem 40 km langen bis 15 km breiten Wattenmeer, an. Im Sommer war die Stadt von Touristen überschwemmt, die aus aller Welt kamen und die Schönheit der Plätze und Paläste bestaunten.

Auch die drei Freunde freuten sich schon auf ihren ersten Besuch und auch auf die nächsten vier Tage, die sie zusammen mit Verena Scutti verbringen wollten.

Randy hatte seine ganze Überredungskunst gebraucht, um doch noch die Erlaubnis seiner Eltern zu bekommen. Die Telefondrähte nach Venedig waren heißgelaufen, aber Romano Scutti, Verenas Vater, hatte Dr. Ritter schließlich beruhigt.

Es hatte sich auch herausgestellt, daß den Scuttis tatsächlich die Nudelfabriken gehörten. Daher konnten die drei Freunde Romano Scuttis Einladung auch guten Gewissens annehmen. Selbst die Fahrkarten hatte ihnen Verenas großzügiger Vater geschickt.

Während der langen Zugfahrt hatten sie einige Stunden geschlafen. So fühlten sie sich frisch und gerüstet für eine Tour, die bestimmt anstrengend wurde.

Der Zug fuhr langsam. Ela, Randy und Turbo standen im Gang und drückten sich an den Scheiben die Nasen platt. Das Wasser der Lagune schimmerte grau und leuchtete nur an einzelnen Stellen, wo die Strahlen der Sonne darauf trafen.

Vögel segelten durch die Luft. Über der Stadt schwebte dünner Dunst wie eine Glocke. Das Wetter machte auf sie einen feuchtheißen Eindruck. Nach dem Damm zweigten die Gleise ab wie die gespreizten Finger einer Hand, und das große Gebäude des Bahnhofs sah aus wie ein altes Industriedenkmal, das es sicher auch war.

Die Wagen schaukelten, als würden sie über ein Floß hinwegfahren. Randy summte einen Hit vor sich hin.

„Du bist aber in Form", meinte Ela.
„Klar, nach Venedig wollte ich schon immer."
„Und wem kannst du das verdanken?"
„Meiner Überredungskunst deinen und meinen Eltern gegenüber. Ist das nicht toll?"
„Toll gelogen. Ich habe Verena schließlich das Leben gerettet. Du warst irgendwo."
„Und jetzt bin ich hier."
„Wir laufen ein", meldete Turbo.

Auf der Karte hatten sie gesehen, daß es sich um einen Sackbahnhof handelte. Mit der Ostseite grenzte er an einen Kanal, der sich in einem langen Bogen durch die Lagunenstadt wand und Canale Grande hieß, der berühmteste Kanal von allen. Er wurde von der weltberühmten Rialto-Brücke überspannt, in deren Nähe, das hatte Verena am Telefon erzählt, auch das Haus der Scuttis stand.

Daran dachte Turbo soeben und meinte: „Das ist bestimmt ein Palast, das Haus der Scuttis."
„Wieso?"
„In Venedig wohnen die reichen Leute oft in alten Palästen. Das habe ich mal gelesen."
„Wir lassen uns mal überraschen", meinte Randy und bückte sich, um seine Tasche anzuheben, denn der Zug rollte allmählich aus. Es waren bereits die Bahnsteige zu sehen, auf denen sich zahlreiche Menschen versammelt hatten. So war es für Ela schwer, aus dem fahrenden Zug heraus Verena Scutti in der Menge ausmachen zu können.

Im Gang standen schon jetzt die Reisenden. Deutsche und italienische Worte schwirrten durch die Luft, bis das Kreischen der Bremsen alle verstummen ließ, als die lange Wagenschlange endlich zum Halten kam.

Türen flogen auf, an den Ausstiegen drängten sich die Reisenden, die lange genug gesessen hatten und froh waren, endlich angekommen zu sein. Man lachte und schrie nun durcheinander. Die drei Freunde ließen sich Zeit. Auf eine Minute mehr oder weniger kam es ihnen nicht an.

„Weißt du, wie der Bahnhof hier heißt?“ fragte Randy.

Turbo überlegte. Er kratzte dabei über seinen Kopf. „Habe ich mal gelesen, aber nicht behalten...“

„Stazione Santa Lucia!“ erklärte Ela, bevor sie den beiden triumphierend zunickte. Randy deutete ein Klatschen an. „Bravo, du bist ja wieder in einer Superform.“

„Klar, man muß nur das richtige Gedächtnis haben.“

Am Ausstieg entstand Gedränge. Eine dicke Frau zwängte sich mühsam durch die Tür. Zwei Bengel lachten sie laut aus und bekamen von einem Mann eine Schimpfkanonade ab, die sie verstummen ließ. Endlich hatte es die Frau geschafft; sie stand auf dem Bahnsteig, zwei Körbe wurden ihr nachgereicht, sie prustete und wischte sich den Schweiß mit einem großen Tuch von der Stirn.

Das war auch nötig, denn Venedig empfing die Reisenden mit einem Klima, das auch in den Dschungel gepaßt hätte, so drückend, feucht und schwül lastete die Hitze über der Stadt. Die drei Freunde zogen ihre Jacken gar nicht erst an, sondern klemmten sie sich unter den Arm. Randy setzte seine dunkle Brille auf, während sich Ela auf die Zehenspitzen gestellt hatte und sich suchend im Kreis drehte.

„So“, sagte Turbo, „wo ist sie nun, deine kleine Superfreundin?“

„Das weiß ich auch nicht.“ Ela drehte sich weiter auf dem Absatz und zuckte dabei mit den Achseln. „Ich werde sie suchen. Wartet hier und gebt auf meine Tasche acht.“

Schon rannte sie weg und ließ die Jungen allein. Randy schleuderte die Jacke über die Schulter. In den Aufhänger hakte er den rechten Zeigefinger ein.

Turbo, der das skeptische Gesicht seines Freundes sah, fragte: „Hast du irgend etwas?“

„Nicht direkt...“

„Aber?“

„Ich kann das noch immer nicht glauben, das mit der Einladung, aber wir sind in Venedig, daran gibt es nichts zu rütteln. Jetzt warte ich nur, daß sich alles erfüllt.“

„Das ist keine Finte."

Randy nickte und deutete nach vorn. „Jetzt glaube ich es auch nicht mehr."

Er hatte die Mädchen gemeint, die auf sie zukamen.

Verena Scutti war etwas kleiner als Ela. So wie sie von ihr beschrieben worden war, sah sie nicht mehr aus. Das Haar trug sie jetzt kurz und modisch geschnitten, wobei ein Teil des Hinterkopfs fast wie rasiert wirkte. Ihr Gesicht hatte eine runde Form, die Augen waren groß und dunkel. Ihr kleiner Mund verzog sich zu einem Lächeln, als sie vor den Jungen stehenblieb.

„Da seid ihr ja", sagte sie in einem fast perfekt klingenden Deutsch. „Endlich sehe ich euch. Ich bin Verena."

„Kannst zu mir Randy sagen. Hi, Verena." Er schüttelte ihr die Hand.

Turbo grinste von Ohr zu Ohr, wollte etwas sagen, aber Verena kam ihm zuvor.

„Hast du nicht diesen unaussprechlichen Namen?"

Turbo trat einen Schritt zurück. „Wer hat dir das denn gesagt? Etwa Ela?"

„Ich glaube."

„Mein Name ist Turbo. Kurz, knapp, kernig."

„Ah ja, das ist besser."

„Sag ich doch."

Verena trug ein weißes T-Shirt mit dem Aufdruck einer Gondel auf der Vorderseite. „Habt ihr schon einen Plan, oder kann ich euch etwas vorschlagen?"

„Wir verlassen uns voll auf dich."

„Okay, Ela, dann los. Schnappt euer Gepäck. Wir werden fahren."

„Wartet der Wagen schon?"

Verena lächelte. „Nicht der Wagen, Randy, ein Boot."

„Klar, wir sind ja hier in Venedig."

„Eben."

Auf dem Vorplatz des Bahnhofs herrschte mächtig Betrieb. Viele Reisende standen zusammen; Träger schleppten Gepäck, aber sie brachten es nicht zu irgendwelchen Autos, sondern zu den an den Landungsstegen liegenden Booten, wo es von Menschen wimmelte wie in einem Ameisenhaufen.

Randy wollte zu den Bootstaxis, aber Ela hielt ihn fest. „Nein, nein, Verena hat etwas anderes."

„Einen Hubschrauber?"

„Ein Privatboot."

„Oh!" Randy schluckte.

„Mein Vater hat uns seinen Chauffeur mit Boot geschickt. Er möchte nicht, daß wir schwimmen."

„Reizend", meinte Turbo. „Dein alter Herr wird mir immer sympathischer."

Das Boot lag als letztes in der Reihe. Es war offen, und gesteuert wurde es von einem jungen Mann, der breit grinste und die Ankömmlinge mit einem Schwall von Worten überschüttete.

Blitzschnell lud er das Gepäck ein und half den beiden jungen Mädchen galant an Bord.

Ela nickte Randy zu. „Hier gibt es noch Kavaliere. Denk mal daran, wenn wir wieder zurück sind."

„Aber nur, wenn auf dem Rhein Gondeln fahren."

„Die sind hier auch nicht."

Ela hatte recht, aber sie sahen die berühmten Boote später, als sie in den Canale Grande hineinfuhren. Er wand sich wie ein schräg liegendes Fragezeichen durch die Lagunenstadt. Zahlreiche kleinere Kanäle zweigten von ihm wie Straßen ab. Die Freunde waren einfach stumm, so viel gab es zu sehen:

Die Boote, die Bauwerke, die Kirchen, die Brücken. Prächtige Palazzi, deren Dächer mit Blattgold überzogen waren und bei denen der Zerfall doch nicht aufgehalten werden konnte. Gegen die Umweltverschmutzung und den Verfall Venedigs kämpften zahlreiche Verbände und Organisationen; man wollte die Stadt retten – doch das würde noch viel Geld kosten.

Langsam näherten sie sich der Rialto-Brücke. Hier drängelten sich jetzt die Gondeln auf dem Wasser, und der Fahrer mußte langsamer werden.

Verena erklärte ununterbrochen. Die Freunde konnten die Eindrücke kaum verkraften. Jede Sekunde stürmten neue auf sie ein.

„Aber bis zur Brücke müssen wir nicht. Vorher geht es links ab. An diesem Kanal liegt auch unser Haus."

„Wohnt ihr immer hier?" fragte Randy.

„Nein, auch woanders. An der Adria und in der Toskana haben wir auch Häuser."

„Toll. Wo stehen die Nudelfabriken?"

Ela stieß ihn an. „Sei doch nicht so neugierig."

„Macht doch nichts, Ela. Sie befinden sich in Mestre."

„Da sind wir durchgefahren!" rief Turbo.

„Genau."

Der Bootsführer mußte abbiegen. Zuvor hupte er, nahm die Kurve ziemlich eng. Die vier Freunde, die am Heck zusammensaßen, machten Bekanntschaft mit der „Verlobungskurve". Sie purzelten übereinander und brauchten ein paar Sekunden, um sich wieder auseinanderzukriegen. Der Fahrer lachte aus vollem Hals.

Wasser rauschte an der Bordwand hoch und ließ Gischt überspritzen. Sie wischten ihre Gesichter trocken und sahen sich erstaunt um. Sie hatten fast eine andere Welt erreicht. Zwar gab es auch hier noch genug Trubel, aber doch viel weniger als auf dem Canale Grande.

Über dem Kanal spannten sich Wäscheleinen. Stege aus Holz waren noch vom letzten Hochwasser übriggeblieben. Schiffe lagen am Ufer, wurden entladen und beladen. Menschen standen auf den schmalen Brücken und Stegen zusammen, unterhielten sich oder sprachen von Fenster zu Fenster quer über den Kanal hinweg.

„Das ist ein Stück echtes Venedig!" erklärte Verena.

„Und das unechte?" fragte Randy.

„War der Canale Grande."

An den Fassaden der Häuser bröckelte der Putz ab, an manchen war er überhaupt nicht vorhanden; Verena fielen die skeptischen Blicke der Freunde auf.

Sie lachte. „Hier wohnen wir nicht. Wir müssen durch bis zur Lagune. Der Kanal hier stellt nur die Verbindung her."

Etwa zehn Minuten später konnten sie bereits auf die Lagune schauen, in der eine Insel im Dunst des Sonnenlichts lag. „Was ist das denn?" fragte Ela.

„San Michele, unsere Toteninsel."

„Wie das?"

„Sie ist ein einziger Friedhof. Wir begraben dort unsere Toten."

„Lassen wir das Thema." Ela winkte ab.

„Warum? Das ist nun mal so. Hier in Venedig haben wir ein natürliches Verhältnis zum Tod." Verena hob die Schultern. „Das liegt vielleicht an den Häusern hier, an der Umgebung, einfach an allem, wenn ihr versteht."

„Das mag sein." Ela schüttelte sich. „Trotzdem ist es nicht mein Fall. Oder, Randy?"

„Ich sehe das locker."

Sie hatten die Lagune erreicht. In ihrer Breite kam sie den Freunden vor wie ein Meer. Zur Stadt hin wurde sie durch eine lange Kaimauer begrenzt, hinter der prächtige Palazzi wie aufgereiht standen. Ein Haus schöner als das andere. Dazwischen aber alte Gemäuer, deren Fassaden aussahen wie von Säure zerfressen.

„Heute nacht gibt es Nebel", sagte Verena.

„Woher weißt du das?"

Sie zuckte die Achseln. „Das kennt man. Schließlich wohne ich hier. Aber bis zum Abend haben wir noch viel Zeit. Wo sollen wir hin? Was meint ihr?"

„Nur nicht zu diesem Platz mit den Tauben. Da sind zu viele Menschen. Außerdem ist es da so teuer, habe ich gehört."

Verena nickte. „Stimmt. Im Sommer noch teurer als im Winter."

Sie waren so in die Unterhaltung vertieft gewesen, daß sie kaum merkten, wie der Fahrer das Boot auf die Kaimauer zusteuerte.

Zwischen zwei größeren Booten legte er an und schleuderte die Leine über Bord, die über einen Poller fiel. Mit fester Hand zog er das Boot dicht an die Mauer und hielt es still.

„Aussteigen!" rief Verena.

Die Freunde schnappten ihr Gepäck. Der Fahrer winkte ihnen mit beiden Armen hinterher, bevor er wieder ablegte. Sie grüßten zurück und folgten dann der jungen Italienerin, die sie auf ein viereckiges Gebäude zuführte. Es war mit Stuck überladen und hatte ein Dach mit vielen Türmchen und Giebeln.

Ela staunte. „Und hier wohnst du?"

„Ja, hier wohne ich."

„Das ist ja ein Hammer."

„Na ja, man gewöhnt sich daran."

Verena drückte auf den Klingelknopf, und wenig später öffnete ein Dienstmädchen mit weißer Schürze. Sie lächelte herzlich und rief ein Willkommen.

Sie wollte das Gepäck abnehmen, aber das verbaten sich die Freunde. Mit ihren Taschen schritten sie durch die kühle Halle, über einen Marmorboden, der mit blassen, aber farblich unterschiedlichen Mosaiken verziert war.

Nicht viele, dafür wertvolle Möbel verteilten sich in der Halle. Die wuchtigen Bilder an den Wänden paßten dazu, und auch der Löwe aus Stein, das Wappentier der Stadt.

„Na?"

Randy nickte beeindruckt. „Das ist schon imposant. Wo sind denn deine Eltern?"

„Die lernt ihr erst am Abend kennen. Wir haben zufällig eine kleine Feier, Bekannte und Verwandte sind da. Es wird bestimmt toll werden." An der breiten Steintreppe blieb sie stehen. „Ich habe mir folgendes gedacht: Turbo und Randy schlafen in einem Zimmer, Ela und ich in meinem." Sie schaute auf die Uhr. „Wir gehen jetzt hoch, machen uns frisch, duschen und so, und treffen uns in einer halben Stunde wieder hier unten. Reicht euch das?"

„Immer."

„Dann los!"

Leichtfüßig liefen sie die Treppe hoch. In der ersten Etage empfing sie ein breiter Gang. Durch die großen Fenster fiel der Blick auf die Lagune, deren Wasser im Licht der Sonne einen weißgrünen Glanz bekommen hatte. Durch die Luft segelten die berühmten Tauben von Venedig. Sie hielten sich also nicht alle am Markus-Platz auf.

Die Zimmer lagen nebeneinander. Verena öffnete das der

Jungen. Beinahe ehrfürchtig schauten Randy und Turbo in den Raum. Beide hätten sich fast verschluckt.

„Ist was?“ fragte Verena und schob sie voran.

„Das... das ist ja ein Saal zum Tanzen!“ flüsterte Turbo. „Ich... ich werd’ nicht mehr.“

„Die Zimmer in den Häusern hier sind alle so groß. Die Feier heute abend findet unten in der Halle statt.“

Zwei Betten, ein großer Teppich auf dem Steinboden, alte, wertvoll aussehende Möbel; eine zweite Tür führte in ein Bad mit schwarzen Kacheln, in dem es nach einer stark duftenden Seife roch.

„Ich lasse euch jetzt allein“, sagte Verena und wollte die Tür schließen, doch Ela kickte ihren Fuß dagegen.

„Macht nur keine Dummheiten, Leute.“

„Keine Sorge, wir bleiben sauber.“

Randy stellte seine Tasche neben eines der beiden Betten, die im rechten Winkel zueinander aufgestellt waren. Turbo war bereits im Bad verschwunden. Randy hörte das Klappen der Tür und rief mit lauter Stimme: „Mach nur nicht so lange!“

„Heiße ich Ela Schröder?“

„Sei froh, daß sie nicht hier ist.“ Randy mußte grinsen, trat ans Fenster, öffnete es und lehnte sich hinaus.

Herrlich war der Blick über die Lagune. Die Sonne breitete ihre Strahlen wie einen gewaltigen Fächer aus, der das Wasser in verschiedenen Farbtönen aufschimmern ließ.

Vom satten Gelb, über Grau hinweg, bis hin zu einem sehr tiefen und trotzdem klaren Grün.

Plötzlich war der Schatten da. Randy hatte ihn nicht gesehen, weil er von oben kam. Er hörte ein Klatschen der Schwingen, drehte den Kopf – und zuckte blitzschnell zurück, als etwas auf ihn herabfiel. Zu spät.

Die Ladung landete zwar nicht auf seinem Gesicht, sie erwischte ihn jedoch an der Schulter. Ein weißgrauer Flecken breitete sich aus und rann bis über den Hemdsärmel hinweg.

Wütend drohte Randy der Taube mit der Faust, die ihn beinahe voll erwischt hätte.

Das Tier war längst verschwunden. Dafür hörte er das Rauschen der Dusche und Turbos Gesang. Der würde sich krummlachen, wenn er von Randys Mißgeschick erfuhr. Deshalb zog er das Hemd schnell aus und verstaute es in einem Fach der Tasche, wo die schmutzige Wäsche hinkam.

Immer noch singend, öffnete Turbo wenig später die Tür und rief: „Der Herr können."

„Der Herr danken."

„Wie schön."

Randy schlich an Turbo vorbei. „Was ist denn mit dir?"

„Nichts. Wieso?"

„Komisch."

Rasch verschwand Randy im Bad. Wenig später duschte er ausgiebig. Daß sie sich jetzt in Venedig befanden! Er konnte es immer noch nicht glauben.

Mit noch nassen Haaren verließ er das Bad. Er hatte sich frische Wäsche angezogen.

Turbo stand am offenen Fenster. Nur schaute er nicht hinaus; er hatte sich gebückt und fluchte leise vor sich hin.

Randy fiel rücklings auf das Bett, weil er sich vor Lachen nicht mehr halten konnte.

Sein Freund Turbo hatte den gleichen Fehler gemacht wie er, sich aus dem Fenster gebeugt und die Ladung einer Taube voll mitbekommen. Nur hatte sie nicht sein Hemd getroffen, sondern den Nacken.

„Und das nach dem Duschen!" schimpfte Turbo, um wenig später im Bad zu verschwinden.

Als er zurückkehrte, lachte Randy noch immer, was Turbo nicht gerade ärgerte, aber doch zu der Frage veranlaßte, was das alles solle.

„Warum nur du?"

„Wieso? Hat es dich auch erwischt?"

„Klar doch." Randy holte sein Hemd hervor.

Turbo starrte es an und bekam ebenfalls einen Lachanfall. Sogar die Mädchen im Nebenzimmer hörten ihn jetzt. Neugierig betrat Ela das Zimmer, konnte sich aber keinen Reim auf das Gelächter machen. Sie schaute ebenso verständnislos aus der Wäsche wie Verena, die ihr gefolgt war.

„Was ist denn nun?“ rief sie schließlich, als sie es leid war. „Was war denn?“

„Kennst du das Sprichwort: Alles Gute kommt von oben?“

„Klar.“

„Das stimmt!“ rief Turbo. „Das stimmt wirklich.“ Dann lachten die Jungen wieder, ohne sich allerdings genauer zu erklären...

Sie hatten es ihren Eltern versprochen. Der berühmte Anruf nach Hause.

Ihre Mütter waren zufrieden, daß sie die lange Reise so gut überstanden hatten. Sie hatten noch einmal die üblichen Verhaltensregeln bekommen und schwören müssen, daß sie sich an alles halten und sich vor allen Dingen nicht in die Angelegenheiten anderer einmischen würden.

Das war Randy und Ela leichtgefallen. Bisher war ja noch nichts gelaufen...

„Wir können zu Fuß gehen oder uns ein Boot mieten“, schlug Verena vor, als sie vor dem Haus standen.

„Auch selbst eins fahren?“ fragte Turbo.

Das Mädchen bekam große Augen. „Ich weiß nicht. Bist du denn darin gut oder...“

„Nicht mal halb gut“, sagte Ela.

„Woher weißt du das denn?“

„Weil ich dich kenne.“

„Muß ich mir das sagen lassen? Dazu noch von einer Person, die nur versuchsweise lebt?“

Ela gab ihm einen Klaps auf den Rücken.

Sie gingen schließlich zu Fuß. In Venedig gab es nicht nur Kanäle, sondern auch Wege und Gassen. Zwar alle eng, aber immerhin trockenen Fußes zu begehen.

Wo sie auch waren, der Geschichte war nicht zu entweichen. Jedes größere alte Haus war stolz darauf, in seinem langen Le-

ben etwas erlebt zu haben! Überall hingen Tafeln, auf denen die wichtigsten Ereignisse verewigt waren.

Das Schloß-Trio entdeckte Venedig. Und es war komisch, wie sie selbst zugaben. Zwar herrschte unheimlich viel Betrieb, auch in den engen Gassen, aber sie lernten ihn zu vergessen. Wo Straßen und Gassen zusammenliefen, gab es kaum Ecken. Alles wirkte rund und fließend wie das Wasser der Kanäle, über dem Mücken in großen Schwärmen tanzten, die nach schweißfeuchten Gesichtern oder nackten Armen Ausschau hielten, auf die sie sich stürzen konnten.

Gelatti – Eis, das war es, was die Freunde jetzt brauchten. Sie kauften es in einem Laden, der sehr tief, aber kaum breiter als die Länge eines Bettuchs war.

Randy wollte zahlen, aber Verena kam ihm zuvor. „Nein, ihr seid meine Gäste", erklärte sie bestimmt. Ihre Hand war schon in der Hosentasche der engen, mit Perlen und Straß bedeckten Jeans verschwunden. Ela trug fast die gleiche Hose, nur hatte sie noch lässig ein buntes Tuch an ihren Gürtel geknotet. Das war in Düsseldorf momentan in.

In der Eisdiele herrschte ein Höllenlärm. Zahlreiche Käufer drängten sich und schrien und lachten durcheinander. Aus einem Radio drangen Hits der Rockröhre Tina Turner.

Verena Scutti schlug richtig zu. Allein konnte sie die vier Waffeltüten nicht halten. Ela half ihr. Jeder bekam ein Riesen-eis mit einer Portion Sahne darauf.

Leckend und schleckend schlenderten sie weiter, wobei sie achtgeben mußten, daß sie an besonders schmalen Stellen nicht in den Kanal stürzten. Auf einem kleinen Platz, wo sich ein grüngestrichenes Geländer befand, blieben sie stehen.

Es war schattig, dennoch kam ihnen die heiße Luft wie flüssig vor. „Was machen wir jetzt?" fragte Ela.

„Erst das Eis essen."

„Klar, Randolph. Und dann?"

Randy hob nur die Augenbrauen. Ela wußte genau, daß er seinen vollen Namen nicht leiden konnte, aber er wollte sich an diesem Tag nicht streiten.

Verena schnickte mit den Fingern. „Ich habe eine Idee, und die ist auch gut."

„Laß hören."

Sie deutete über den Platz. „Wir gehen da drüben noch durch eine Gasse und dann in ein Café. Dort trifft sich alles. Es gibt tolle Säfte, auch Früchte und..."

„Abgemacht!" rief Turbo begeistert. Die Aussicht, etwas zwischen die Zähne zu bekommen, belebte ihn sofort.

Randy wischte mit dem Handrücken über seine Stirn, während er den Touristen nachschaute, die über den Platz schlenderten und an kleinen Buden stehenblieben, wo Schmuck und Andenken verkauft wurden. „Das ist doch nicht sehr weit – oder?"

„In Venedig ist nichts weit."

„Das sagst du, Verena. Bei dem Wetter läuft mir schon nach zehn Schritten der Schweiß aus allen Poren."

„Keine Kondition, wie?"

„Hierfür nicht."

Verena schüttelte sich und verzog ihre Mundwinkel. Sie wandte sich an Ela und Turbo. „Sagt mal, ist euer Freund immer so schlapp?"

Turbo deutete mit dem Daumen auf ihn. „Der und schlapp? Der ist gebügelt, der bringt nichts. Nur essen, trinken, schlafen..."

„Er meint sich selbst, Verena, das merkt er nur nicht. Wir müssen sein Gehirn wieder aufblasen, damit es Erbsengröße bekommt, wenn ihr versteht."

So ging das eine Weile weiter, bis Verena sich den Bauch vor Lachen hielt und fragte: „Seid ihr immer so lustig?"

„Hin und wieder." Randy sah zum Himmel. „Wann fängt denn eure Fete an?"

„Das hat noch Zeit."

„Bleibt es bei dem Café?" fragte Turbo harmlos, aber jeder wußte, was dahintersteckte.

„Ja, du bekommst deine Wampe noch voll", antwortete Randy und stöhnte gequält.

Turbo schaute ihn scheinheilig an. „Dabei dachte ich nur an euch, weniger an mich."

„Hört, hört."

Ela schleckte noch an ihrem Eis. Sie schloß sich Verena Scutti an, und beide wanderten Arm in Arm los. Sie hatten sich soviel zu erzählen, da waren die Jungen Nebensache.

Die Gasse war wirklich sehr schmal. In der Mitte floß ein Kanal, und nur rechts und links führten Gehsteige die Straße entlang, kaum breiter als Simse.

Die Freunde aus Deutschland wunderten sich darüber, daß hier trotzdem ein geschäftiges, buntes Treiben herrschte.

Die Leute standen schwatzend zusammen, während Boote anlegten, aus denen Waren ausgeladen wurden. Keine Lebensmittel, sondern sperrige Güter.

Mal ein Schrank, eine Vitrine, eine Kommode oder ein alter Spiegel, der von einem rissigen Holzrahmen umgeben war. Auch Plastiken aus Holz trug man in die Geschäfte.

Hintereinander drängten sie sich an den Trägern vorbei. Die Geschäfte waren alle sehr klein, die Schaufenster oft so schmal wie normale Türen.

Fast in jedem Haus befand sich ein Laden, und sie waren vollgestopft mit Möbeln, altem Geschirr, Vasen, Lampen und Gemälden. Ob alles echt war, konnten die Freunde nicht erkennen. Davon verstanden sie zu wenig.

„Gibt es hier nur dieses Zeug?" rief Randy über Elas Kopf hinweg Verena zu.

„*Si,* das ist die Straße der Antiquitätenhändler." Sie schaute kurz zurück. „An ihrem Ende kommen wir auf den Platz, wo auch Turbo endlich satt werden kann."

„Immer ich, immer ich!" beschwerte sich Turbo prompt.

Keiner achtete auf seinen Protest, vor allen Dingen Randy nicht, der plötzlich stehengeblieben war.

Wie erstarrt stand er vor einem der Schaufenster. Langsam strich er mit seiner Hand über die Augen; dabei schluckte er schwer. Er bewegte die Lippen und sah trotzdem so aus, als würde er sich in einer tiefen Trance befinden.

Wie lange er so gestanden und die Umgebung vergessen hatte, wußte er nicht zu sagen. Erst als Turbo ihn anstieß, schreckte er zusammen. „Verflixt noch mal, träumst du?“

„Wie?“

Turbo brachte seine Lippen an Randys Ohr und rief mit lauter Stimme: „Ich will wissen, ob du träumst?“

Scharf stieß Randy die Luft aus. „Leider nein.“

„Was heißt das?“

Randy gab keine Antwort. Er hob nur seinen Arm leicht an und streckte den Zeigefinger aus, dessen Spitze etwas zitterte. „Schau dir das an!“ hauchte er. „Schau es dir an!“

„Was denn?“

„Die Figur, Turbo, die Heiligenfigur! Das ist sie. Das ist sie hundertprozentig.“

„Was meinst du denn?“

Randy nickte in Richtung Scheibe. „Die Madonna da. Sie wurde bei einem großen Raub in Düsseldorf gestohlen. Die wertvollsten Stücke waren in der Zeitung abgebildet.“

„Bist du dir sicher?“

„So sicher wie der Dom in Köln steht!“

Turbo sagte nichts, er konnte nichts sagen. Er schaute auf die Figur und ärgerte sich darüber, daß er sich nicht an die Bilder in den Zeitungen erinnern konnte.

„Und jetzt?“

Randy hob die Schultern. „Weiß ich auch nicht. Ehrlich nicht. „Ich... ich habe keine Ahnung.“

„Willst du hineingehen und fragen?“

„Spinnst du?“

„Die Polizei holen?“

„Auch nicht. Die kann doch nichts machen. Wenn ich denen das sage und sie dem Händler Fragen stellen, dann wird der alles abstreiten, glaub’ mir das.“

„Was sollen wir machen?“

Randy ballte die rechte Hand zur Faust. „Du wirst lachen, Turbo, ich gehe trotzdem rein.“

„Du willst ihn selbst ausfragen?“
„Nicht direkt.“
„Wie denn?“
Randy wollte gerade antworten, als die Mädchen zurückkamen. Ela sah sauer aus. „Wollt ihr hier übernachten, oder was ist los?“
Turbo legte einen Finger auf die Lippen. Er rollte mit den Augen und blickte bedeutsam zu Randy hinüber. Ela verstand, sie schwieg. Verena schaute verwundert von einem zum anderen.
Zwei Minuten später waren sie und Ela von Randy eingeweiht.
„Das ist doch nicht wahr!“ hauchte Ela und preßte ihre Hand auf den Mund.
Randy nickte. „Und ob das wahr ist!“
Verena Scutti sagte erst nichts. Sie hob nur die Schultern. „Ich komme hier nicht mit, ehrlich nicht. Was ist denn da los?“
„Eigentlich nichts, was du wissen könntest“, flüsterte Turbo, als hätte er Angst davor, daß jemand ihn hören könnte. „Da haben sie bei uns in Düsseldorf ganz schön abgeräumt.“
„Alles Antiquitäten?“ fragte Verena.
„Klar, die holten sich, was nicht niet- und nagelfest war. Aus einer Ausstellung.“
Randy hatte sich von der Scheibe etwas zurückgezogen. Er wollte kein Aufsehen erregen.
„Was willst du denn jetzt machen?“ fragte Ela wispernd. „Du... du mußt etwas unternehmen.“
„Klar, ich gehe rein.“
„Was?“ Ela erschrak, auch Verena war es nicht recht; nur Turbo blieb gelassen.
„Bleibt mir etwas anderes übrig? Ich möchte wissen, wie der Händler darauf reagiert, wenn ich ihn wegen der Madonna anspreche. Bestimmt kann der etwas Deutsch.“
Ela trat von einem Fuß auf den anderen. Dann schaute sie Turbo an. „Was sagst du denn dazu?“

„Nicht schlecht, ich gehe mit.“

Randy schüttelte den Kopf. „Auf keinen Fall!“ widersprach er. „Das werde ich allein durchziehen.“

„Wie du willst.“ Turbo kannte seinen Freund. Wenn der sich einmal entschlossen hatte, war es sinnlos zu widersprechen.

„Ihr bleibt in der Nähe – okay?“

„Aber in Deckung.“

Randy nickte Turbo zu. „Alles klar.“ Er gab sich forsch, aber ein komisches Gefühl überkam ihn doch, als er die Tür des Ladens nach innen drückte...

5. Lügen und ein Rausschmiß

Über der Tür hing eine alte Glocke. Sie läutete blechern, aber so laut, daß es im hintersten Winkel noch zu hören war.

Hinter einem grauen Vorhang, den er zur Seite schob, erschien der Besitzer des Ladens.

Der Mann war klein, hatte einen Buckel und trug ein schwarzes Hemd mit weißen Knöpfen. Die Hose war ebenfalls schwarz und glänzte an den Beinen fettig. Er war alt und sein Gesicht voller Falten. Die kleinen Augen sahen aus wie glitzernde Wassertümpel. Neben der Kasse stehend, musterte er den langsam näher kommenden Randy Ritter, der ein etwas verlegenes Lächeln aufgesetzt hatte.

„Bon giorno“, grüßte der Junge und blieb stehen.

Der Mann nickte. „Sprechen Sie etwas Deutsch?“

„Ja, ein wenig, ich bin Gibli. Mir gehört das Geschäft.“

„Wie schön.“

Gibli grinste. Er sah Randys Unsicherheit und amüsierte sich darüber.

„Was kann ich denn für dich tun, Junge? Bist du nur zufällig hier gelandet?“

„Nicht ganz, *Signore*.“

„Ah, dann interessierst du dich für Antiquitäten?“

„Schon.“

„Gut, schau dich um.“ Der kleine Mann, schon mehr ein Zwerg, reckte sich. „Was du hier siehst, ist ausgezeichnet. Du wirst kaum bessere Stücke in ganz Venedig finden.“

„Das merke ich schon.“ Randy schaute sich anerkennend nickend um. „Wissen Sie, ich möchte mal, nun ja... also ich meine, daß Sie wirklich Stücke haben, die man nicht überall bekommt.“

Gibli lachte meckernd. „Nicht überall, sagst du? Die sind einmalig, das kann ich dir versichern. Die sind eine Schau für sich. Da kannst du in der ganzen Welt suchen, so etwas, wie ich habe, wirst du nirgends finden.“

„Stimmt.“

Randy war dabei, einen Rundgang zu machen. Hin und wieder blieb er vor einer Vitrine oder einer Kommode stehen, strich mit den Fingern darüber hinweg und bewunderte deren Intarsien (Einlegearbeiten). „Das ist wahre Handwerkskunst.“

„Fast alles Barock und noch früher.“

„Wie kommen Sie denn an diese außergewöhnlichen Stücke?“ fragte er und drehte sich zu Gibli um.

Der schaute ihn mißtrauisch an. „Wie meinst du das, Junge? Was soll das heißen?“

„Nur so. Ich...“

„So etwas fragt man einen seriösen Geschäftsmann nicht.“ Er drohte Randy mit dem Zeigefinger. „Sei vorsichtig, ich könnte mich sonst beleidigt fühlen.“

„Nein, nein, das wollte ich nicht. Wissen Sie, ich bin nur überwältigt von all dem hier.“

„Kann ich mir denken. Aber ich hätte mal eine andere Frage. Hast du überhaupt Geld, um etwas bezahlen zu können?“

Randy versuchte, ein hochnäsiges Gesicht aufzusetzen. „Geld? Ich? Nein, wozu?“

Das Kinn des Zwergs ruckte vor, als er scharf fragte: „Was willst du dann hier, zum Teufel?“

„Schauen, nachsehen. Ich bin im Auftrag meiner Eltern unterwegs. Die haben Geld, nur keine Zeit.“

„Und die hören auf dich?“

„Klar doch. Ich kenne mich aus. Das habe ich mir alles selbst beigebracht. Wenn ich etwas entdeckt habe, rufe ich meine Eltern in Düsseldorf an und frage sie...“

Er kam nicht mehr dazu, seinen Satz zu vollenden, denn Gibli reagierte sofort. „Düsseldorf hast du gesagt?“

Nach dieser Frage war Randy klar, daß Gibli Bescheid wußte. Kein anderer hätte bei der Erwähnung der Stadt am Rhein so gestutzt.

„Ja, ist damit was?“

„Was soll schon sein.“ Gibli überlegte. Er öffnete seinen Mund, schloß ihn wieder, ohne etwas gesagt zu haben. Dann zündete er sich eine Zigarette an. „Nur so, *amico*.“

Randy nickte. Der Rauch verteilte sich im Raum, vermischte sich mit dem modrigen Geruch. Es war feucht hier, was den Möbeln bestimmt nicht guttat. Sicherlich würden sie nicht lange hier stehen und schon bald ihre Käufer finden. Vielleicht waren sie auch schon reserviert.

Der Junge drehte sich um, beobachtet von den mißtrauischen Blicken des Besitzers. Er ging auf den schmalen Fensterausschnitt zu und blieb davor stehen.

Wie ein Schatten huschte Turbo vorbei. Er war von der linken zur rechten Seite gegangen, winkte kurz, dann war er verschwunden.

Randy beugte sich vor. Dem Besitzer dauerte es wohl zu lange, denn er fragte: „Was machst du denn da?“

„Ich schaue mir die Madonna an.“

„Ha, das habe ich mir gedacht. Sie ist das wertvollste Stück, das ich habe.“

„Ja, sie ist wunderschön.“

„Und fast unbezahlbar, *amico*.“

„Weiß nicht, ich müßte mal mit meinen Eltern telefonieren. Können Sie mir den genauen Preis sagen?“

„Nein, das ist eine reine Verhandlungssache. Erst wenn ich mit deinen Eltern gesprochen habe, wird es sich entscheiden. Das mußt du verstehen, diese Madonna ist einfach einmalig.“

Randy hörte kaum hin. Er sah sich das wertvolle Stück genau an und suchte bereits nach Worten für seine nächste Frage. Die Madonna war unversehrt, in ihren Armen hielt sie das Kind, und sie stand mit ihren Füßen auf einer Kugel.

Als hätte Gibli die Gedanken des Jungen erraten, sagte er: „Die Kugel soll die Sonne darstellen.“

„Ja, ich verstehe.“

„Sonst noch was?“

Randy atmete tief durch. „Ich glaube schon, *Signore*.“ Er

mußte eine Pause einlegen, denn auf die nächsten Sätze kam es an. Randy traute sich nicht recht, sich umzudrehen und den Mann anzuschauen. Deshalb blieb er vorgebeugt stehen und sprach in das Fenster hinein. „Wissen Sie, *Signore,* ich glaube, diese Madonna schon einmal gesehen zu haben. Ja, ich bin mir sogar sicher."

Schweigen, Stille...

Nach einer Weile hörte Randy das Schleifen der Sohlen, als Gibli auf ihn zuging. „Was sagst du da?"

Randy drehte sich um.

Gibli stand vor ihm. Sein Gesicht hatte einen bösen Ausdruck. Die Augen waren zu Schlitzen verengt. „Ich will noch einmal hören, was du da gesagt hast!"

Randy wiederholte den Satz.

Der Mann nickte. „Aha, du hast sie also schon gesehen. Und zwar in Düsseldorf."

„Stimmt."

Der Zwerg grinste breit. „Wo hast du sie denn da gesehen, *amico*? Wo, sag es mir!"

„In der Zeitung."

Gibli kicherte. „In der Zeitung", wiederholte er ebenso kichernd. „Das darf doch nicht wahr sein. Nein, das kann nicht..."

Randy ritt jetzt der Teufel. „Natürlich habe ich die Madonna in der Zeitung gesehen. Sie war schließlich dort abgebildet."

„Und warum?"

„Weil sie zu den wertvollen Gegenständen gehörte, die aus einer Ausstellung gestohlen wurden."

Gibli stand still, sehr still. Nur seine Augen bewegten sich. Sie vergrößerten sich allmählich. „Also, langsam noch einmal. Die Figur ist angeblich gestohlen worden, und du hast sie in der Zeitung abgebildet gesehen."

„Das stimmt."

„Dann behauptest du, daß ich sie gestohlen habe oder gestohlene Antiquitäten verkaufe?"

„Nein und ja. Ich behaupte nicht, daß Sie die Figur gestohlen haben, aber ich bin sicher, daß es die ist, die aus Düsseldorf verschwand. Darin liegt der Unterschied."

Der Zwerg hustete. „Es ist eine Schweinerei!" schimpfte er. „Eine bodenlose Schweinerei. Aber gut, *amico,* bleiben wir dabei, denn ich kann mir nicht vorstellen, daß du deine Meinung ändern wirst."

„Nein, es sind nämlich noch andere Stücke hier im Laden, die aus Düsseldorf wegkamen. Der Spiegel dort."

„Noch mehr?"

„Ja, die kleine Uhr."

„Das weißt du genau?"

„Bestimmt."

Der Zwerg holte tief Luft, seine Nasenflügel zitterten erregt. „Was willst du denn jetzt tun, *amico*? Möchtest du noch immer deine Eltern anrufen?"

„Ich werde es mir überlegen."

„Die Polizei?"

„Wie gesagt, ich weiß es noch nicht. Ich..." Randy sprach nicht mehr weiter, denn er hatte das Klicken gehört. Ein Geräusch, das ihm überhaupt nicht gefiel. Mit einer schnellen Bewegung hatte der Mann ein Messer gezogen, dessen Klinge nach einem Knopfdruck hervorsprang. Die Spitze zeigte auf Randy, und der Zwerg machte den Eindruck, als wollte er jeden Augenblick zustoßen. Dann lachte er, hob den rechten Arm mit dem Messer und öffnete gleichzeitig den Mund; er benutzte die Klinge dazu, um in seinen Zähnen herumzustochern. Er sprach sogar dabei, ein kleines Wunder, wie Randy ihm zugestehen mußte. „Bist du schon lange in Venedig?"

„Nein."

„Manchen Leuten gefällt die Stadt so gut, daß sie für immer bleiben. Mehr oder weniger freiwillig, *amico*."

„Was heißt das?"

„Die Kanäle sind tief. Aus denen kehrt keiner mehr zurück."

Der Junge schluckte. Er war etwas käsig geworden. „Ich... ich habe verstanden."

„Ach ja?“

„Sicher.“

„Und jetzt?“

„*Scusi,* ich werde . . . ich werde gehen.“

Blitzschnell nahm Gibli das Messer aus dem Mund, warf es in die Luft, fing es wieder auf, und zwar so, daß es von neuem auf Randy zeigte. „Stell dir mal vor, ich habe etwas dagegen, daß du gehst. Stell dir vor, ich möchte, daß du für immer hier in Venedig bleibst. Die Kanäle, du erinnerst dich, daß ich davon sprach.“

„Ja, ich weiß.“

„Sie sind . . .“

Wieder bimmelte die Glocke. Randy drehte den Kopf. Es war kein Kunde, der das Geschäft betrat, sondern Ela, die ihren Kopf hereinsteckte. Vielleicht hatte sie etwas bemerkt, jedenfalls war Randy froh, daß sie ihm aus dieser Zwickmühle heraushalf.

„Kommst du?“

Gibli ließ das Messer sofort verschwinden. „Ach“, sagte er, „ihr seid zu zweit?“

„Nicht nur das“, erwiderte Randy und ging rückwärts auf die Tür zu, wo Ela wartete.

Der Zwerg lachte ihm nach. „*Amico,* denk an die Kanäle, denk daran, daß manche diese Stadt nicht mehr verlassen.“

„Schon gut.“ Randy huschte aus dem Geschäft. Auf dem engen Gehsteig blieb er stehen und amtete erst einmal tief durch. Die Knie zitterten ihm noch immer.

„Wie hat er das gemeint, das mit den Kanälen?“ wollte Ela wissen.

Randy zog sich noch weiter zurück, bis er eine kleine Nische zwischen zwei Häusern gefunden hatte. Dort drückte er sich hinein. Mit dem Schuh kickte er noch eine Blechdose fort, dann winkte er den anderen.

Auch sie drängten sich in die Nische. Turbo beschwerte sich zwar, aber Randys Bericht ließ dann alle drei aus ihren Sandalen kippen.

„Wahnsinn!“ flüsterte Ela. „Das ist absolut ätzend.“ Sie schüttelte sich. „Und du hast dich nicht getäuscht? Dir nichts eingebildet?“

„Wenn ich es dir sage.“

Turbo deutete ein Nicken an. „Komisch, dann ist das doch die Beute aus dem Raub in Düsseldorf.“

„Stimmt.“

Verena schaute zu Boden. Es war ihr anzusehen, wie angestrengt sie nachdachte. Ihre Hände strichen über den Stoff der Hose. „Es tut mir leid“, murmelte sie. „Verflixt, es tut mir leid, aber ich kann nichts dafür.“

„Dir hat auch keiner einen Vorwurf gemacht. Fest steht“, sagte Randy, „daß dieser Gibli den Laden mit gestohlenen Antiquitäten gefüllt hat. Das ist und bleibt eine Tatsache.“

„Und was sollen wir jetzt machen?“ fragte Ela. „Die Polizei informieren?“ Sie schaute Verena an. „Hör mal, du wohnst hier. Du kennst dich aus. Was sagst du?“

„Ich bin schon dafür...“

„Aber?“

„Nun ja, ich meine, dieser Gibli wird alles abstreiten. Wir sollten zunächst einmal mit meinen Eltern darüber sprechen, meine ich. Oder seht ihr das anders?“

„Weiß ich nicht.“

Die Jungen zuckten mit den Achseln. Randy sagte: „Jedenfalls sollten wir uns beeilen, denn solche Stücke stehen nicht lange in einem Laden herum. Die finden immer einen Abnehmer.“

„Das meine ich auch.“

Turbo meldete sich. „Der hat das alte Zeug bestimmt nicht allein aus Düsseldorf geholt. Ich bin davon überzeugt, daß hinter dem eine Bande steckt. Antiquitätendiebe, Räuber, die sich darauf spezialisiert haben. So etwas gibt es da.“

Randy nickte, „Jedenfalls weiß Gibli jetzt, daß die Sachen entdeckt sind. Er wird jetzt handeln und seinen Kumpanen Bescheid geben, vorausgesetzt, es existieren welche.“

Verena Scutti stimmte ihm zu. „Ich schlage vor, daß wir nach

Hause gehen und dann mit meinem Vater reden. Der hat hier in Venedig tolle Beziehungen und bringt die Dinge wieder ins Lot. Darauf könnt ihr euch verlassen."

Turbo lachte nervös. „Was ist los?" fuhr Randy ihn an. „Du geierst hier wie ein..."

„Kannst du dir das nicht denken?"

„Keine Spur."

„Mann, deine Eltern, deine Mutter. Sie haben uns noch gesagt, daß wir uns aus allem Ärger heraushalten sollen. Und jetzt haben wir ihn wieder. So richtig satt."

„Ach, das ist doch..."

Turbo hob einen Zeigefinger. „Ich sage dir, Randy, wir bekommen noch viel Ärger. Ich habe mal gelesen, daß Venedig wie ein großes Dorf ist. Hier kennt jeder jeden. Und solche Banden sind organisiert wie die Mafia."

„Hör damit auf!" rief Verena.

„Ist doch so."

„Laßt uns verschwinden – klar?"

„Einverstanden."

Sie lugten um die Ecke, ob die Luft rein war. Es schien alles ruhig.

Im Gänsemarsch gingen sie los. Schneller diesmal. Dennoch blieb der Verfolger ihnen auf den Fersen, denn Gibli, der Zwerg, hatte bereits sein Netz ausgelegt...

Kaum hatte Randy den Laden verlassen, war Gibli in das feuchte Hinterzimmer gegangen und hatte einen jungen Mann mit dunklen Locken, der aus Sizilien nach Venedig gekommen war, mit harten Rüttelbewegungen geweckt.

Der Sizilianer erhob sich schwerfällig von seinem Feldbett und glotzte Gibli schlaftrunken an.

„Wach endlich auf, du Penner!"

„Was... was ist denn?"

„Du mußt jemand verfolgen. Ich will alles wissen, verstehst du? Halte deine Augen offen."

„Und wen?"

Der Zwerg zerrte den Mann vom Bett hoch. „Das werde ich dir zeigen."

„Meinetwegen." Der Mann rieb seine Augen und folgte dem Zwerg in den Laden. Dort machte ihm Gibli die Aufgabe klar. Er sprach schnell. Es war keine Zeit zu verlieren.

„Wenn du Bescheid weißt, rufst du mich an, kapiert?"

„Sicher, Gibli."

„Dann hau ab." Er hätte dem Sizilianer gern mit einem Tritt in den Hintern nachgeholfen, riß sich aber zusammen und schlug ihm nur mit der flachen Hand auf den Rücken.

Als das Läuten der Glocke verstummt war, tauchte Gibli hinter die Kasse und holte von dort das Telefon hervor. Er setzte sich auf den Boden, der Apparat stand auf den Knien. Dann wählte er eine Nummer, die in keinem Telefonbuch stand.

Nach dem vierten Klingeln wurde endlich abgehoben. Eine rauhe Männerstimme sagte nur: „*Si*?"

„Gibli hier. Ich muß den *Capo* (Chef) sprechen."

„Jetzt?"

„Sofort, *pronto*."

„Moment. Aber wehe, wenn es nicht wichtig ist. Der *Capo* ist im Bad und macht sich fertig..."

„Es ist wichtig, du Lümmel."

Gibli hörte noch ein Grunzen, dann erst einmal nichts. Bis er die beinahe weiche Stimme des Chefs hörte. „Zwerg, ich hoffe, du hast einen guten Grund, mich zu stören."

„Den habe ich."

„Laß ihn hören."

Als Gibli sprach, hörte er im Hintergrund das Kichern einer Frau. Er hatte davon gehört, daß der *Capo* Mädchen sehr mochte und immer neue Freundinnen an seiner Seite hatte, aber er hatte den Chef noch nie gesehen. Gibli redete schnell und ohne Schnörkel. Der *Capo* unterbrach ihm mit keinem Satz. Hin und wieder nur atmete er heftiger als gewöhnlich.

„Und das stimmt alles, Gibli?"

„*Si*, es stimmt." Der Zwerg wischte über seine Stirn. „Die Sachen sind entdeckt worden."

„Wo wohnt der Junge?"
„Ich weiß es nicht." Bevor der Chef anfangen konnte zu toben, redete Gibli weiter. „Aber ich habe ihm den Sizilianer hinterhergeschickt, der wird es herausfinden."
„Gut, ich brauch' hier noch einige Zeit. Wenn du etwas herausgefunden hast, ruf mich sofort an."
„Natürlich, *Capo*, werde ich machen."
„Dann bis später."
Gibli legte auf. Er war froh, daß sein Chef so ruhig reagiert hatte. Der konnte auch anders sein. Tobend und wütend, kurz vor dem Durchdrehen. Ein gefährlicher Mann. In der folgenden halben Stunde lief der Zwerg wie ein Tiger im Laden auf und ab. Er hatte das Geschäft geschlossen. Kunden wollte er jetzt keine mehr sehen, das hätte ihm gerade noch gefehlt.
Eine Stunde und zehn Minuten waren vorbei, als eine Gestalt vor dem Schaufenster erschien. Es war der Sizilianer, und Gibli schnellte von seinem Hocker hoch. Er hastete zur Tür, schloß auf und zerrte den Mann ins Innere.
„Nun?"
Der Sizilianer wischte seine Handflächen an seinen Hosenbeinen ab. Dann grinste er breit und mit blitzenden Zähnen. „Und ob ich ihn gefunden habe. Sie haben nichts bemerkt."
„Wo wohnt er?"
„In keinem Hotel."
„Ach – wo dann?"
„Im Norden, an der Lagune. Die sind zu dritt und bei einer Familie zu Besuch."
„Deren Name du natürlich kennst – oder?" Das letzte Wort klang direkt drohend. „Klar. Die Scuttis."
Der Zwerg überlegte, dann fiel es ihm ein, er trat einen Schritt zurück und fragte flüsternd: „Die Nudel-Scuttis?"
„Richtig, Gibli."
Der Händler begann zu fluchen und zu jammern. „Ausgerechnet die Nudel-Scuttis. Ausgerechnet die! Womit haben wir das verdient? Womit nur, *mama mia*?"
Sein Helfer begriff nicht. „Was ist denn damit?"

„Ach, du Volltrottel. Kennst du die Scuttis nicht?"

„*No*, nur ihre Nudeln."

Gibli regte sich noch mehr auf. „Mann, die haben Einfluß, die sind reich. Die kennen halb Venedig. Womit habe ich das verdient?" Er schlug bei jedem Wort seinem Helfer mit der Hand gegen die Brust. „Das ist Wahnsinn, verstehst du? Das ist einfach Wahnsinn."

„Aber..."

„Kein Aber, hau ab! Geh wieder, ich muß mit dem *Capo* reden! Komm erst in einer halben Stunde zurück!"

„Wie du meinst." Der Sizilianer verschwand fluchtartig aus dem kleinen Laden.

Der Zwerg aber dachte darüber nach, wie er seinem Boß beibringen sollte, wer dahintersteckte. Der *Capo* würde durchdrehen, der würde ihn mit Worten in der Luft zerreißen.

Als er die Nummer wählte, zitterten seine Finger. Zweimal vertippte er sich, dann hörte er wieder den Leibwächter und verlangte den Boß. „Moment, er wartet schon."

Auch das noch, dachte Gibli und bekam feuchte Hände. Er zitterte noch mehr, als er vorsichtig zu erzählen begann.

„Komm zur Sache!" unterbrach ihn der *Capo* kalt.

Gibli riß sich zusammen, dann wartete er mit angehaltenem Atem. Er hielt den Hörer sicherheitshalber ein Stück vom Ohr weg.

Wie reagierte der Boß? Für Gibli völlig unverständlich, denn er lachte, was das Zeug hergab. Gibli konnte sich vorstellen, daß ihm die Tränen dabei vor Lachen herunterliefen.

„Was ist denn?" schrie der Zwerg.

„Es ist alles in Ordnung. Laß mich nur machen, *amico*. Laß es mich nur machen."

„Und die Antiquitäten?"

„Ich werde dir morgen eine Gondel schicken. Sie haben Nebel angesagt. Glaub mir, es wird alles klappen, alles." Nach diesen Worten legte der Boß auf.

Gibli begriff die Welt nicht mehr. Er starrte den Hörer an, als hielte er eine Schlange in der Hand...

6. Die Fete

Als es klopfte, ging Turbo schnell zur Tür und öffnete sie. Ela und Verena standen auf der Schwelle.

„Was ist denn?"

„Kommt endlich", drängte Verena.

Aus dem Hintergrund des Zimmers meldete sich Randy. „Warum denn? Sind doch genug da."

Ela wurde wütend. „Jetzt stell dich nicht so blöd an, du Hammel. Willst du Verena brüskieren?"

„Nein, natürlich nicht." Randy drehte sich vom Fenster weg. Er hatte in den Nebel geschaut, der in dünnen Schwaden von der Lagune in die Höhe stieg und langsam in die Stadt zu kriechen begann.

Venedig versank unter einem Schleier. Wie er gehört hatte, sollte das auch an den nächsten Abenden so bleiben. Keine gute Sache, denn Venedig bei Nacht bot sonst einen herrlichen Anblick, ein Meer aus Lichtern, die über dem Wasser tanzten. Er ging langsam zur Tür. Turbo schloß sie hinter ihm. Von der Halle unten hallte ihnen leises Lachen und Gläserklirren entgegen. Männer und Frauen sprachen durcheinander und auch Musik klang herauf. Allerdings war sie leise, daß sie die Unterhaltungen der Gäste nicht störte.

Über die breite Treppe schritten sie nach unten. Die Mädchen genossen den Auftritt. Die Jungen, die ihnen folgten, weniger.

„Weißt du, wie ich mir vorkomme?" flüsterte Randy.

„Nein."

„Wie ein Operettentenor, der die große Treppe hinunterschreitet, auf der letzten Stufe stehenbleibt und anfängt, eine Arie zu schmettern. Eine Nacht in Venedig heißt die."

„Was ist eine Operette?"

„So was ähnliches wie eine Oper. Nur wird da noch gesprochen, und die Melodien sind manchmal die reinsten Schlager."

„Was du alles weißt!"

„Klar, ich war auf der *Akamie*!"

Aus dem Kreis der Gäste lösten sich zwei Personen, ein Mann und eine Frau. Sie kamen auf die beiden Mädchen zu. Das mußten die Scuttis sein, denn die hochgewachsene schlanke Frau in dem mintfarbenen Kleid und mit dem prächtigen schwarzen Haar, das im Nacken zu einem Knoten geschlungen war, hatte die gleichen Augen wie Verena. Der Mann neben ihr war groß, grauhaarig, und er lächelte. Er trug eine Brille mit rotem Gestell.

Verenas Eltern umarmten Ela wie eine Tochter. Sie bedankten sich noch einmal für die Rettung ihrer Tochter und entschuldigten sich, daß sie erst so spät etwas von sich hatten hören lassen.

Anschließend wurden Turbo und Randy begrüßt. Deren Laune besserte sich augenblicklich, denn die Scuttis waren sehr herzliche Menschen und gaben ihnen sofort das Gefühl, willkommen zu sein.

Sie erfuhren, daß die anderen Gäste Freunde des Hauses waren, aber auch Verwandte.

„Dann schaut euch mal um und amüsiert euch gut, ihr vier!" sagte Roman Scutti lächelnd, bevor er seiner Frau Clarissa einen Arm auf die Schulter legte. „Wir haben noch einige Verpflichtungen den anderen Gästen gegenüber."

„Ist schon klar", antwortete Verena. Sie drehte sich zu den Freunden um. „Na, wie findet ihr meine Eltern?"

„Gut", sagte Randy.

„Sie sind auch prima. Manchmal ist mein Vater zwar etwas streng, aber damit kann ich leben." Sie sah sich suchend um. „Ich werde uns mal was zu trinken besorgen."

„Wir gehen mit", sagte Ela und hakte sich bei Verena unter.

In der Nähe der Tür war eine Bar aufgebaut worden, hinter der zwei Mixer arbeiteten.

Es gab alles, was das Herz begehrte. Den Freunden hatten es besonders die Mixgetränke angetan, die ohne Alkohol. Sie entschieden sich für einen Flip *à la Venezia*. Sirup, Eigelb und Orangensaft, gemischt in einem Shaker. Aus dem Glas ragte noch ein farbiger, geknickter Strohhalm.

Mit den Gläsern in den Händen wanderten sie durch die Halle. Verena kannte viele Gäste und stellte sie ihren Freunden vor, was denen bald peinlich wurde.

„Das muß ich eben so machen", flüsterte Verena auf eine Beschwerde Randys hin. „Es ist so üblich."

„Wir kennen uns da nicht aus."

„Gebt ihr oft Feten?" fragte Ela.

„Einmal im Monat mindestens. Manchmal auch öfter, besonders wenn Karneval ist."

„Da stellen die Leute hier alles auf den Kopf", murmelte Turbo.

„So ähnlich, kann aber auch schön sein."

Die zahlreichen Namen und Gesichter konnten sich die Freunde nicht merken. Sie huschten an ihnen vorbei wie ein zu schnell laufender Film.

Plötzlich übertönte eine Stimme alle anderen. Ein Mann winkte mit beiden Händen. Er trat aus einem Nebenraum und lief auf die vier zu. „*Bella Verena*, meine Kleine..."

Das Mädchen verdrehte leicht die Augen.

„Wer ist das denn?" zischelte Ela.

„Onkel Aldo. Er ist der Bruder meines Vaters und nicht verheiratet."

„Arbeitet der auch in eurer Firma?"

„Ja, er ist der zweite Chef."

Aldo Scutti war kleiner als sein Bruder. Die Haare lagen flach auf dem Kopf, und die dunklen Augen konnten nie ruhig blicken. Sie waren ständig in Bewegung wie auch seine Hände. An seinem linken Handgelenk klimperte eine schwere Goldkette.

Er legte beide Hände auf Verenas Schultern. „Es ist kaum zu glauben, du wirst immer schöner. Du bist schon eine junge *Signorina*."

„Nein, Onkel, ich bin erst vierzehn."

„Trotzdem.“ Er schaute Ela und ihre Freunde an. „Das sind also deine lieben Gäste?“

„*Si*, die aus *Germania*.“

„Wie schön.“ Aldo Scutti sprach gebrochen Deutsch. „Ich hoffe, ihr fühlt euch wohl in Venedig?“

„Das tun wir“, antwortete Ela.

„Dann wünsche ich euch noch viel Spaß. Kommt ihr auch mal in die Fabrik? Eine Besichtigung wäre doch gut, oder nicht, kleine Verena?“

„Wir werden es uns überlegen, Onkel.“

„Bis später dann.“ Aldo Scutti winkte und tauchte in der Menge der Gäste unter.

Verena schaute ihm nach. Durch die Nase holte sie tief Luft. „Hast du was?“ fragte Turbo. „Nicht direkt. Ich wollte euch nur fragen, was ihr von meinem Onkel haltet?“

„Dein Vater gefällt mir besser.“

Ela und Randy nickten zu Turbos Worten.

„Nicht jeder ist gleich“, wich Verena aus und saugte an ihrem Strohhalm.

„Wie geht es denn jetzt weiter?“ fragte Randy.

„Ich verstehe nicht. Was meinst du damit?“

„Ganz einfach. Müssen wir noch weiter hier auf der Party herumspazieren, oder...“

„Sei nicht unhöflich!“ beschwerte sich Ela.

Verena wußte nicht, was sie sagen sollte. „Ich kann das auch nicht entscheiden. Jeder ist frei. Wenn ihr keine Lust habt...“ Sie hob die Schultern. „Ich jedenfalls werde bleiben. Das bin ich meinen Eltern schuldig.“

„Und ich auch“, erklärte Ela.

Randy drehte sich auf dem Absatz. „Eigentlich wollte ich mich mal draußen etwas umschauen. Hier wird zuviel gequalmt. Die Luft ist mir einfach zu schlecht, wenn ihr versteht.“

„Dagegen wird keiner etwas haben“, erklärte Verena. „Aber draußen ist es ziemlich diesig. Ihr werdet kaum etwas sehen können. Ich kenne den venezianischen Nebel.“

Randy grinste. „Aber wir nicht."

Ela trat mit dem Fuß auf. „Du bist unmöglich, weißt du das? Richtig beknackt."

Verena lachte. „Laß sie doch laufen, Ela. Wir schauen uns hier um. Ich habe einige gesehen, die dir schöne Augen gemacht haben. Die werden wir mal näher unter die Lupe nehmen."

„Machen wir auch."

Bevor Randy und Turbo noch einschreiten konnten, hatten sich die Mädchen verdrückt.

Turbo lachte, als er Randys verdutztes Gesicht sah. „Das hast du nun davon."

„Ja, wirklich. So kenne ich Ela gar nicht."

„Muß wohl am Klima liegen."

„Quatsch. Ich jedenfalls bleibe dabei und gehe mal an die frische Luft. Basta."

„Ob die so frisch ist..."

„Du hast auch immer was zu meckern."

„Überhaupt nicht. Ich sehe das nur realistisch, weißt du."

Sie verließen die Halle durch die große Eingangstür, wo jemand stand, der jeden Gast kontrollierte. Der Mann nickte ihnen zu, als sie an ihm vorbeigingen.

Von der Lagune trieben die Wolken heran. Wie dicke, dichte, graue Bälle rollten sie über die Kaimauer.

Die dort ankernden und auf dem Wasser dümpelnden Boote sahen aus wie Gespensterschiffe. Es lagen nicht nur Gondeln am Kai, auch Segel- und Motorboote.

Als kahle Stangen reckten sich die Masten in die Höhe, umwoben von den grauen Nebelschwaden.

Es standen auch Laternen auf dem Kai, aber ihre Kugeln schwebten wie blasse Monde hoch im Dunst.

Die meisten Geräusche waren nur gedämpft zu hören: Das Klatschen der Wellen gegen die Kaimauer, und weit im Hintergrund tutete dumpf das Nebelhorn eines Schiffes. Ein unheimlich klingender Ruf, der durch die schweigende Nebelwelt drang.

Das Pflaster unter ihren Schuhen war feucht geworden. In den Fugen wuchs das Moos. Leise drang die Musik aus dem Haus der Scuttis, als würde sie aus einer anderen Welt kommen.

Randy drehte dem Wasser seinen Rücken zu. Er ließ den Blick an den Fassaden der Häuser entlanggleiten und nickte einige Male, als fühle er sich bestätigt.

„Hast du was?“ fragt Turbo.

„Nicht direkt. Das sieht nur so komisch aus. Es kommt mir vor wie eine Filmkulisse.“

„Mir gefällt das Wetter überhaupt nicht.“

„Warum nicht?“

„Ich hasse Nebel. In Düsseldorf haben wir ihn oft genug. Hier in Venedig hätte ich damit nicht gerechnet.“

Randy sah ihn erstaunt an. „Ehrlich gesagt, dafür ist die Stadt bekannt. Für Nebel, Sonnenschein und Hochwasser. Manchmal kannst du alles zusammen in einer Woche erleben.“

„Du kennst dich aber gut aus.“

„Klar doch. Im Gegensatz zu dir habe ich auch vorher etwas über Venedig gelesen.“

„Ich auch.“

„Aber das falsche.“

„Angeber!“ stöhnte Turbo.

Die beiden Jungen gingen auf die Kaimauer zu. Unwillkürlich setzten sie ihre Füße so sacht wie möglich auf. Sie gingen leise, stellten aber bald fest, daß sich auch andere Menschen in der Nähe aufhielten. Nur konnten sie diese nicht sehen, nur hören.

Was unheimlich wirkte. Dieses leise Aufsetzen der Füße, mal eine Stimme, dann ein gedämpft klingendes Husten. Es gefiel beiden nicht, und Turbo meinte: „Ich komme mir vor, als wäre ich von Geistern eingekreist.“

„Frag mich mal...“

Sie gingen weiter, bis sie die Kaimauer fast erreicht hatten und die dort dümpelnden Schiffe fast berühren konnten. Die

Gondeln schwangen im Rhythmus der Wellen. Manchmal senkte sich eine dem Kai zu, dann sah es aus wie eine langsame Verbeugung.

Über das Wasser der Lagune glitt wohl kein Boot mehr. Jedenfalls sahen sie keinen Schatten, der durch den Nebel geisterte. Wenn sie Luft holten, kam es ihnen vor, als würde der feuchte Dunst in ihrem Mund kleben bleiben.

Randy stieß Turbo in die Seite. „Ich glaube, hier draußen ist auch nichts los."

„Hast du was anderes erwartet?"

„Weiß ich auch nicht." Er steckte seine Hände in die Taschen und ging mit gesenktem Kopf weiter.

Turbo folgte ihm." Du denkst noch an die Antiquitäten, wie?"

Randy nickte.

„Und weshalb hast du nicht mit Verenas Vater darüber gesprochen?"

„Weiß ich auch nicht."

„Feige?"

„Nein, einfach vergessen." Randy blieb stehen und schaute wieder auf die Boote.

An diesem Teil des Kais lagen keine Gondeln. Vor ihnen schaukelte der Bug eines Motorbootes.

Randy wollte noch etwas sagen, als er sich plötzlich steif aufrichtete. „Da war was", hauchte er.

„Wo?"

„Schritte."

„Von uns?"

„Nein, von anderen, glaube ich."

Turbo winkte ab. „Das bildest du dir ein." Er wurde aber mißtrauisch, als er das gespannte Gesicht seines Freundes sah. „Oder denkst du an diesen Zwerg?"

„Auch. Der ist gefährlich, Turbo, da kannst du sagen, was du willst. Der hat auch alles gemerkt. Ich rechne damit, daß er schon einiges in Bewegung gesetzt hat, um uns zu stoppen."

„Meinst du?"

„Klar, ich ..." Randy stockte mitten im Satz. Obwohl Turbo in seiner unmittelbaren Nähe stand, zerflossen seine Umrisse. Jetzt sah er ihn plötzlich kippen, hörte ein gurgelndes Geräusch und dann eine zischende Stimme, die gebrochen Deutsch sprach.

„Komm auf Schiff! Wenn nicht, ist er tot!"

Der Unbekannte bluffte nicht. Er stand hinter Turbo und hatte ihn in den Würgegriff genommen. In der rechten Hand hielt er etwas langes Blitzendes, das aussah wie ein gefährliches Messer...

Randy rührte sich nicht. Er stand auf der Stelle, als hätte man ihn dort festgeleimt. Aus seinen Poren brach der Schweiß, die Kehle war plötzlich wie zugeschnürt.

„Hast du nicht gehört, verdammt?"

„Ja, schon ..."

„Dann geh!"

Randy wollte Zeit gewinnen. „Auf das Boot?"

„Zunächst."

„Und dann?"

Er hörte nur ein Lachen. Der Kerl schob Turbo vor. Er veränderte dabei auch sein Messer, das etwas höher rückte und nun fast das Kinn des Jungen berührte. Turbo bekam einen Hustenanfall.

„Hör auf, verdammt."

„Kann nicht, ich ..."

Die Lage spitzte sich zu, aber da drang plötzlich eine Mädchenstimme durch den Nebel. „Randy, Turbo! Wo seid ihr denn? Kommt doch her. Das ist blöd ..."

„Hier, Ela!" Randy antwortete automatisch, was dem Kerl hinter Turbo überhaupt nicht paßte. Er sah sich plötzlich in der Zwickmühle. Er zog die Hand mit dem Messer zur Seite und schleuderte Turbo mit einem wuchtigen Stoß in den Rücken genau auf Randy zu, der blitzschnell die Arme ausstreckte und Turbo auffing, bevor dieser stolpern und zu Boden fallen konnte.

Turbo klammerte sich an Randy fest. Er schnaufte heftig, fuhr herum und hörte nur noch die dumpfen Schritte, als der Kerl Reißaus nahm. Die beiden Jungen sahen nichts. Der Nebel hatte sich wie ein dickes Tuch über den Flüchtenden gelegt und ihn unsichtbar gemacht.

„Den kriegen wir nie!“ keuchte Turbo.

„Willst du ihn denn haben?“

„Was meinst du, was das für ein Gefühl ist, wenn dir einer einen scharfen Zahnstocher gegen den Hals drückt.“

„Randy, Turbo! Was ist? Warum meldet ihr euch nicht? Wo seid ihr denn? Los, laßt...“

„Hier!“ Randy hatte laut genug gerufen. Die Mädchen erkannten, aus welcher Richtung die Stimme kam. Sie liefen dem Wasser zu. Schon bald sahen Randy und Turbo ihre von geisterhaften Nebelschwaden umhüllten Gestalten.

„War die Party doch nicht so gut?“ fragte Randy und grinste dabei schief.

Ela boxte ihm gegen die Schulter. „Quatsch, aber wir hatten einfach Angst um euch.“

„Warum das denn?“

„Weil... weil es einfach gefährlich ist, durch den Nebel zu laufen. Versteht ihr das nicht?“

„Schon. Aber Turbo kann dir da mehr sagen.“

„Wieso?“

„Frag ihn.“

Ela drehte sich um. Sie kannte ihre beiden Freunde lange genug, um zu wissen, daß da etwas nicht stimmte. „Was ist denn passiert?“ flüsterte sie. „Raus mit der Sprache!“

„Nicht viel, Ela.“ Turbo fuhr mit der Hand an seinem Hals entlang. „Man hat nur versucht, mir die Kehle durchzuschneiden.“

„Du bist blöd.“

„Leider nicht.“

Als Turbo so ernst blieb, versteinerte auch Elas Gesicht. Verena, die neben ihr stand, verlor ebenfalls die Farbe. „Meine Güte, das ist doch nicht wahr...“

Turbo erzählte den Mädchen, was ihm und Randy widerfahren war. „Wenn ihr nicht gerufen hättet, wären wir jetzt auf dem Boot.“

„Auf welchem?“

Turbo wies auf den schaukelnden Bug. „Da sollten wir an Deck klettern.“

„Und dann?“

„Keine Ahnung.“

Verena stellte die nächste Frage, und ihre Stimme war dabei kaum zu verstehen. „Habt ihr denn nicht mitbekommen, wer dieser Kerl mit dem Messer war?“

„Nein. Der stand hinter mir, und dann ging alles so schnell. Tut mir leid.“

„Das hängt doch mit diesem Antiquitätenhändler zusammen!“ meinte Ela. „Da könnt ihr mir sagen, was ihr wollt.“

„Wir sagen auch nichts.“

Turbo nickte. „Eigentlich könnten wir uns das Boot einmal anschauen, meint ihr nicht?“

„Ja, wäre nicht schlecht.“ Randy nickte.

Ela hielt ihn sofort fest. „Bist du denn des Wahnsinns? Das kommt nicht in Frage.“

„Warum nicht?“

„Viel zu gefährlich.“

„Wir sind zu viert.“

„Ich gehe nicht mit“, erklärte Verena. „Da könnt ihr machen, was ihr wollt.“

Turbo strich über sein Kinn. „Wenn man nur wüßte, wem das Boot gehört, damit wäre uns schon viel geholfen.“

Ela nickte. „Die Idee ist toll. Das Boot hat doch sicherlich einen Namen. Laß uns mal nachsehen.“

Ihr Jagdfieber übertrug sich auch auf Verena Scutti. Noch vom Kai aus untersuchten sie die beiden Seiten am Bug, und es war Ela, die den Namen entdeckte.

„Hier, ich hab’s, *Sole* heißt es.“

„Sonne?“

„Ja, Turbo.“

„Einen sehr sonnigen Eindruck macht es mir nicht." Randy wandte sich an Verena. „Kennst du eine Person, der ein Boot mit dem Namen *Sole* gehört?"

Sie schüttelte den Kopf. „Im Moment nicht."

„Das kann man aber herauskriegen?"

„Sicher, auf dem Hafenamt. Da sind die Namen registriert. Aber die werden mir nur dumme Fragen stellen. Außerdem würden sie sich bei meinem Vater erkundigen."

„Sieht also bescheiden aus!" stellte Randy fest. „Dann müssen wir uns um die Sache kümmern."

Verena holte tief Atem. Es war ihr anzusehen, daß es ihr nicht gefiel. „Das sind Gangster, Randy, vielleicht richtige Mafiosi. Da mußt du achtgeben. Wir sind zu schwach."

„Vielleicht, Verena. Aber sollen wir tatsächlich den Kopf in den Sand stecken und so tun, als hätten wir nichts gesehen? Wir müssen die Sache verfolgen, tut mir leid."

„Nein, die Polizei..."

„Das machen wir später", sagte Turbo. „Zunächst finden wir heraus, wem das Boot gehört."

„Ist auch nicht gefährlich", meinte Randy.

Verena schüttelte den Kopf. „Ich verstehe euch nicht, aber ihr könnt euch auf mich verlassen. Ich mache mit."

„Gut." Randy nickte. Er schaute zum Boot. Über dem Deck waberten die Schwaden. Sie hörten ein Klingeln, dann fuhr ein Radfahrer über den Kai. Er kam wie aus dem Nichts und war gleich wieder verschwunden.

„Du willst es noch immer durchsuchen, wie?"

„Ja, Ela."

Sie hob die Schultern. „Ich bin dabei."

Auch Verena Scutti nickte und schaute zu, wie Randy als erster die Planken betrat.

Die Reling lag in Höhe der Kaimauer. Keiner von ihnen brauchte sich großartig anzustrengen, um das Boot zu entern. Auf leisen Sohlen schlichen sie voran, erreichten die Aufbauten und entdeckten den Niedergang, der vor einer Tür endete.

„Ich gehe mal runter!“ flüsterte Randy. Vor der Tür blieb er stehen. Wenig später war er wieder bei den anderen. „Abgeschlossen, das habe ich mir fast gedacht.“

„Dann hätte man euch nicht gefangenhalten können“, sagte Verena.

„Der Unbekannte besaß bestimmt einen Schlüssel.“

„Klar, das kann sein.“

„Eben.“

Verena nickte in Richtung Kai. „Ich will euch ja nicht bevormunden, aber ich möchte gern zurück.“

Die anderen waren einverstanden, und Turbo teilte mit, daß er wieder Hunger habe. „Nach dem Schreck brauche ich eben etwas in den Magen“, erklärte er.

Verenas Augen leuchteten auf. „Das ist irre. Wir haben doch die tollsten Leckerbissen für die Fete aufgebaut.“

„Was denn?“

„Tomaten mit Mozarella, kleine Nudelnester mit pikanten Soßen. Es gibt Lachs auf winzigen Reibküchlein, du kannst auch etwas Süßes essen oder dir an...“

„Hör auf, hör auf“, jammerte er, „sonst drehe ich noch durch. Bitte, ich will nichts mehr hören.“

„Nur sehen, wie?“ rief Randy.

„Ja, und ob.“

So rasch wie möglich gingen sie wieder zurück. Den hinterlistigen Angriff jedoch hatte keiner von ihnen vergessen. Randy und seine Freunde waren zu gefährlichen Zeugen geworden. Da es beim Schmuggel von Antiquitäten oft um ein Vermögen ging, kannten die Gangster, die dahintersteckten, keine Rücksicht...

Aldo Scutti, Verenas Onkel, entdeckte die Freunde als erster. Er stand nahe der Tür, zusammen mit zwei Damen, gab sich charmant und erzählte offenbar Geschichten aus seinem Leben, denen die Damen gebannt lauschten.

„Oh, wo seid ihr denn gewesen?“

„Draußen.“

„Bei dem Nebel?"

„*Si.*"

Aldo Scutti hielt seine Nichte fest, legte zwei Finger unter ihr Kinn und hob den Kopf leicht an. „Hast du was, Mädchen? Irgendwie bist du komisch."

„Nein! Was sollte ich haben?"

„Ich frage nur. Mir fiel es eben auf." Er grinste den anderen zu und fragte: „Gefällt es euch?"

„Gut."

„Dann macht weiter. Viel Spaß noch."

Sie gingen in die Halle hinein, wo die Stimmen der Gäste lauter geworden waren. Einige Paare drehten sich auf einer Tanzfläche, aber Verenas Eltern, die etwas abseits mit mehreren Gästen standen, schauten nicht eben glücklich drein.

„Da läuft wohl nicht alles so, wie es sein sollte", flüsterte Ela.

„Sieht so aus."

„Sollen wir denn noch bleiben oder verschwinden?" fragte Ela.

Sie berieten sich an der Treppe. Turbo wollte noch etwas essen, auch die anderen verspürten Hunger. Sie gingen zu dem kalten Buffet, wo die Köstlichkeiten schon fast alle abgeräumt waren. Aber Turbo bekam noch genug mit, auch von seinen heißgeliebten Nudeln und den verschiedenen Soßen.

In einer etwas ruhigeren Ecke aßen sie im Stehen. Mitternacht war schon vorbei. Die Freunde aus Deutschland spürten die Folgen der langen Reise und gähnten offen.

Ela stellte ihren Teller ab. „Ihr könnt sagen, was ihr wollt, ich für meinen Teil mache mich gleich lang."

Keiner widersprach.

„Aber Saft nehmen wir uns noch mit!"

Sie gingen auf Verenas Vorschlag ein. Turbo und Randy holten die Getränke von der Bar.

Auf der Treppe trafen sie die beiden Mädchen, die ziemlich müde nach oben schlichen.

„Welches Zimmer nehmen wir?" fragte Turbo.

„Das von euch“, erwiderte Ela. „Weil es schon durcheinander genug ist.“

Die Jungen widersprachen nicht. In der Tat hinterließen sie meist das reinste Chaos.

Turbo, ganz Kavalier, öffnete die Tür und ließ seine Freunde vorgehen. Er hatte auch Licht gemacht. Der große Lüster unter der Decke tauchte alles in einen warmen Schein.

Ihre Kleider lagen tatsächlich verstreut auf den Betten.

Das war es jedoch nicht, was ihnen einen Schock versetzte. Mitten auf Randys Bett befand sich ein großes, weißes, mit schwarzen Druckbuchstaben beschriebenes Blatt Papier. Ganz klar – eine Warnung:

DER NÄCHSTE ZUG FÄHRT MORGEN FRÜH!

NEHMT IHN, SONST GARANTIEREN WIR FÜR NICHTS!

„Nun?“ fragte Randy.

Ela schwieg, Verena sagte ebenfalls kein Wort. Sie war nur gespenstisch blaß geworden.

Turbo gab einen Kommentar: „Das Fenster ist geschlossen, Freunde. Trotzdem muß es jemanden gelungen sein, in das Zimmer zu kommen. Und was bedeutet das?“

Die Antwort gab Ela. „Ist doch klar. Der Schreiber muß sich unter den Gästen hier befinden.“

„Genau.“

„Nein, nein!“ Verena schüttelte den Kopf. „Ihr seid völlig verrückt. Das kann nie stimmen. Das ist Wahnsinn, ehrlich. Da mögen zwar komische Typen dabei sein, aber ich kann mir nicht vorstellen, daß sie so etwas tun.“

„Es gibt einen Verräter unter den Gästen“, sagte Randy langsam.

„Oder mehrere“, ergänzte Turbo trocken.

Verena sah hilflos zu Boden. „Es ist wirklich eine Drohung. *Scusi*, jetzt muß ich meinen Eltern Bescheid geben. Sie halten das Gastrecht sehr hoch, das hat bei uns Tradition. So etwas ist noch nie vorgekommen. Das schwöre ich euch.“

Randy legte ihr eine Hand auf die Schulter. „Du kannst doch nichts dafür.“

„Trotzdem fühle ich mich verantwortlich." Ohne Übergang fing sie an zu weinen, wandte sich ab und preßte ihre Stirn gegen die Wand. Randy und Turbo sahen sich verlegen an.

Ela ging zu ihrer italienischen Freundin und sprach ihr Trost zu. Doch Verena Scutti schüttelte immer wieder den Kopf. „Nein, nein, ich kann nicht."

„Was kannst du nicht?"

„Schon gut." Sie hob den Kopf. Aus der Tasche holte sie ein buntes Tuch, putzte die Nase und wischte auch ihre Augen trocken. „Wollt ihr denn wirklich fahren?"

Turbo schaute Randy an. „Sollen wir?"

„Keine Ahnung." Er sah aus, als hätte man ihm soeben seine Geldbörse gestohlen. „Ich weiß wirklich nicht, was wir machen sollen."

„Aber ich", erklärte Ela, dabei nickte sie heftig. „Wir werden jetzt ins Bett gehen. Morgen kann das schon alles wieder ganz anders aussehen. Eine Nacht schlafen, und du fühlst dich wie neu geboren, sagt man."

„Ja, das sagt man", meinte Turbo. „Ich frage mich nur, ob es auch stimmt?"

„Werden wir morgen früh selbst sehen." Ela schob die Freundin aus dem Zimmer. „Gute Nacht..."

Sie schloß die Tür und hörte, wie Turbo noch sagte: „Ich weiß nicht, ob die gut wird."

„Klar", antwortete ihm Randy und drehte den Schlüssel herum. „Ich bin jedenfalls kaputt wie ein Galeerensträfling..." Nach diesen Worten ließ er sich angezogen auf sein Bett fallen, ohne die Kleidung weggeräumt zu haben. Sekunden später schon war er eingeschlafen.

7. Ein unheimlicher Tag

Schlecht geschlafen – gut geschlafen?

Randy wußte es nicht. Jedenfalls hatte er sehr unruhig die Nacht verbracht und konnte sich daran erinnern, einige Male regelrecht hochgeschreckt zu sein, bevor er wieder in einen tiefen Schlaf gefallen war.

Jetzt fühlte er sich wie durch eine alte Kaffemühle gedreht. Er öffnete die Augen, schloß sie wieder, schaute noch einmal auf und hatte dabei den Kopf zum Fenster gewandt.

Nein, es war keine Täuschung.

Draußen lag der Nebel dicht wie Suppe. Die Sonne kam mit ihren Strahlen nicht mehr durch: Venedig war unter der grauen Decke regelrecht begraben.

Er richtete sich auf, murmelte ein paar Verwünschungen und hörte aus dem Bad das Rauschen der Dusche, wo Turbo sich bereits fit machte. Randy saß auf der Bettkante, die Lippen so verzogen, daß sie einen Halbmond bildeten, und starrte auf seine nackten Füße. Er bewegte die Zehen, ließ sie etwas knakken, was seine Mutter immer ärgerte, wenn sie es hörte, und dachte daran, wie der Tag wohl ablaufen würde.

„Na, hast du dich entschieden?" Turbos Stimme klang unverschämt frisch, als er das Bad verließ. „Wozu entschieden?"

„Ob wir abreisen!"

Randy schaute Turbo starr an und wedelte mit seiner Hand vor der Stirn. „Tickst du nicht richtig?"

„Bei dir läuft die Uhr falsch. Hast du denn die Warnung von gestern abend vergessen?"

Randy schaute wieder auf seine Füße, bis ihm einfiel, daß er irgendwann in der Nacht die Schuhe ausgezogen hatte. Ansonsten trug er noch seine normale Kleidung.

Da erinnerte er sich. Es war, als hätte ihm jemand einen Schlag versetzt. Mit einemmal wußte er wieder Bescheid. Der gestrige Tag stand glasklar vor seinen Augen. Wie die Teile eines Puzzles fügten sich die Stücke zusammen.

„Packst du's?" Turbo hatte das Blatt mit der Warnung gefunden und hielt es Randy unter die Nase. „Inzwischen ja."

„Und was machen wir?"

„Ein dummes Gesicht und einen guten Eindruck, was dir beim letzten Teil meiner Antwort schwerfallen wird." Randy erhob sich. Er schlurfte auf die Badezimmertür zu und zog sich erst im Bad aus.

Wie vernagelt fühlte er sich, er hatte Kopfschmerzen, aber das alles verschwand, als er abwechselnd kalt und heiß duschte. Das war zwar keine reine Freude, half aber.

Turbo hatte seinen Kopf aus dem Fenster gestreckt und starrte in die wabernden Schwaden.

„Siehst du was?" fragte Randy, als er wieder im Zimmer war.

„Kaum. Da läuft nichts, nicht einmal die Nase. Ich weiß nicht einmal, ob Züge fahren. Auch wenn wir wollten, wir würden überhaupt nicht von hier wegkommen."

„Sag das mal denen, die uns die Warnung geschickt haben!"

Turbo drehte sich um. „Das ist vielleicht eine Luft dort draußen. Die ist dick wie Erbsensuppe und stinkt widerlich."

Randy zog sich an. Im Unterzeug hockte er sich auf die Bettkante.

„Mal hören, was die Girls so von sich geben."

„Die schlafen bestimmt noch."

Sie schliefen nicht, sie waren auch nicht im Zimmer, denn als die Jungen nachschauten, war es leer, die Betten waren gemacht und das Zimmer schon gelüftet.

„Pah, haben die es eilig."

Turbo warf noch einen Blick über Elas Tasche. Sieht mir nicht so aus, als hätte sie schon gepackt."

„Dann werden wir mal nach unten gehen und frühstükken."

Begeistert schlug Turbo seinem Freund auf die Schulter. „Das ist der beste Vorschlag, den du heute gemacht hast. Da muß man so richtig zuschlagen, finde ich."

„Mal sehen."

Die Halle war leer bis auf zwei Reinemachefrauen, die sich abmühten, die Spuren der Party verschwinden zu lassen. Die Jungen grüßten freundlich, und eine der Frauen sprach lebhaft auf sie ein. Sie verstanden nur Bruchstücke, nur soviel, daß die Mädchen schon beim Frühstück saßen.

Das Frühstückszimmer entpuppte sich als eine Art Wintergarten. Nur kein Anbau aus modernem Glas, sondern eine Loggia, wie sie hier seit Jahrhunderten gebaut wurden.

Große Fenster lockerten das Gemäuer auf. Von Venedig war nichts zu sehen, denn der Nebel nahm die Sicht.

Die Mädchen hockten einander gegenüber an einem runden Tisch. Beide sahen aus, als hätten sie schlecht geschlafen.

„Guten Morgen", sagte Randy.

„Hi."

„Und?" Er zog sich einen Stuhl heran.

„Was ist mit und?"

„Habt ihr gut geschlafen?"

Ela lachte prustend. „Sieht man das nicht, wie wir die Nacht verbracht haben?"

„Nicht besonders."

„Eben."

Verena kaute auf einem Hörnchen. Sie hatte die Augen niedergeschlagen. „Ich habe mit meinen Eltern nicht sprechen können. Sie mußten weg. Ein dringender Anruf aus der Firma."

Randy blickte sie über den Tisch hinweg an. „Dann hast du auch nicht erfahren können, wem das Boot gehört?"

„So ist es."

„Das ist natürlich nicht schön."

„Werden wir schon schaffen", meinte Turbo und beträufelte sein Hörnchen mit Konfitüre.

„Wollt ihr nicht abreisen?" fragte Ela.

„Fahren denn überhaupt Züge?"

Verena antwortete: „Das ist die große Frage. Wenn sie fahren, dann mit Verspätung. Ich kenne das. Außerdem kommt man jetzt schlecht zum Bahnhof. Wenn du durch Venedig gehst, hast du den Eindruck, durch eine Geisterstadt zu laufen. Und das mitten am Tag."

„Das haben wir schon gestern erlebt."

„Ist mit der Dunkelheit nicht zu vergleichen."

„Sind wir denn allein im Haus?" fragte Randy. Er goß Pfefferminztee in die Tasse.

„Nein, Onkel Aldo ist noch da."

„Was will der denn?"

Verena zog die Stirn kraus. „Wahrscheinlich will er seinen Rausch ausschlafen."

„War der so voll?" fragte Ela.

„Bestimmt. Es ist oft kaum zu fassen, daß mein Vater und er Brüder sind. Da schnallst du ab."

„Klar, Unterschiede sind vorhanden."

Die nächsten Minuten vergingen schweigend; die Jungen langten kräftig zu.

Ela und Verena saßen wie auf heißen Kohlen, und es war Ela, die unbedingt etwas wissen wollte. „Also, wenn wir nicht abreisen, was habt ihr dann vor? Stehen schon Pläne fest?"

„Noch nicht ganz."

„Aber die rotieren in euren Köpfen?"

„Kann sein."

„Was willst du denn, Mensch? Was..."

„Hallo, ihr vier netten Leute. Na, wie ist es bei euch heute? Mir geht es nicht besonders – schlimm!" Aldo Scutti schüttelte sich und strich über seine Stirn. Er trug einen hellen Anzug, ein blaues Hemd und einen Schal um den Hals. Sein Lächeln fiel etwas gequält aus, und er wirkte so, als hätte er eine Walze nötig, um die Falten in seinem Gesicht glattbügeln zu können.

„Wir können nicht klagen, Onkel Aldo. Willst du mit uns frühstücken?"

„Nein, nein." Abwehrend streckte er die Hände vor. „Nur nichts Fettiges, nur Kaffee."

„Den gibt es bei Laura in der Küche."

„Dann werde ich dort vorbeischauen. Bis gleich, vielleicht." Er lachte. „Reimt sich sogar."

„Der spricht aber gut Deutsch", lobte Randy.

„Das kannst du wohl sagen." Verena trank einen Schluck Tee. „Oft genug fährt er auch hin."

„Geschäftlich?"

Sie nickte, noch mit Tee im Mund. Erst später schluckte sie ihn. „Klar, unsere Nudeln werden bei euch in Linzenz verkauft. Ihr werdet bald zum Nudelland."

„Kann ich mir nicht vorstellen", sagte Turbo.

„Wieso nicht?"

„Weil man aus Nudeln keine Fritten machen kann."

Randy lachte, Ela zeigte Turbo einen Vogel, und Verena schüttelte den Kopf. „Soviel zum Thema Nudeln", sagte sie. „Und was machen wir jetzt, Freunde ?"

„Erst mal das Frühstück beenden." Turbo piekte die Gabel in eine dicke Scheibe Mortadella. Auch auf den echten Parma-Schinken hatte er schon ein Auge geworfen.

„Und danach?"

Randy räusperte sich. „Ich habe noch nie eine richtige Geisterstadt gesehen und könnte mir vorstellen, da einen Spaziergang zu machen."

Die Augen der beiden Mädchen weiteten sich. „Dann wollt ihr nicht abreisen?"

„Liebe Verena, nicht bei diesem Wetter."

„Du hast Nerven – echt."

„Kaum. Der Nebel kann auch von Vorteil sein. Da sieht man uns wenigstens nicht. Die Chancen stehen gleich. Wir entdekken die anderen nicht und umgekehrt."

„Was ist denn, wenn sie bereits auf uns lauern?"

„Was schon. Wie weit kannst du sehen, Ela? Acht Meter? Neun? Vielleicht auch zehn ...?"

„Stimmt schon irgendwie."

„Nicht nur irgendwie, das ist eine Tatsache. Mädels, macht euch nicht ins Hemd, wir unternehmen einen Ausflug in die Geisterstadt. Und das ganz ohne Eintritt."

„Was ist ohne Eintritt!“ Ohne daß es einer von ihnen gehört hätte, war Aldo Scutti wieder erschienen. Er sah nicht viel besser aus, fühlte sich aber besser. Er qualmte und hustete, spielte aber weiterhin den Mann von Welt.

„Die Besichtigung der Stadt“, sagte Verena.

„Wieso? Ich...“ Plötzlich lachte er und schlug gegen seine Stirn. „Das stimmt, da habt ihr recht. Nur werdet ihr bei dem Nebel nicht viel sehen. Ich werde auch Mühe haben, in die Firma zu fahren, und weiß jetzt noch nicht, ob ich nicht einen Tag freimache.“

„Kannst du doch.“

„So einfach ist das auch nicht. Ich wollte eigentlich noch mit einem wichtigen Geschäftspartner zum Essen gehen. Mal schauen, wie es läuft. Und laßt euch nicht den Tag verderben. Trotzdem würde ich an eurer Stelle vorsichtig sein.“

„Weshalb denn?“

„Bei dem Nebel kann man sich leicht verirren oder in einen Kanal fallen. Die sieht man oft nicht.“

„Ich kenne mich aus, Onkel Aldo.“

„Stimmt, Verena.“ Er wollte gehen, aber das Mädchen hielt ihn mit einer Frage zurück.

„Du kennst dich doch aus, nicht?“

„Bei wem und wo?“

„Hier in Venedig und in der unmittelbaren Umgebung.“

„Ha, ha, das kann man wohl sagen.“ Aldo Scutti strich über sein lackschwarzes gegeltes Haar. „Was willst du wissen?“

„Wir möchten gern erfahren, wem das Boot mit dem Namen *Sole* gehört. Es liegt hier am Kai.“

„Mehr nicht?“

„Nein.“

Randy beobachtete das Gesicht des Mannes. Dessen Wangen zuckten leicht. Er zwinkerte mit den Augen, holte tief Luft und legte die Stirn in Falten. „Da habt ihr mich auf dem falschen Bein erwischt, Freunde.“

„Du weißt es nicht?

„Nein, woher denn?“

„Kannst du es für uns herausfinden?"

Aldo Scutti ging zwei Schritte vor. „Weshalb ist das denn plötzlich so wichtig?"

Verena wollte etwas sagen, aber Randy kam ihr zuvor. „Nur so, *Signore* Scutti, es war ein Spiel."

„Ach so – hä. Dann spielt mal weiter, ihr vier kleinen Detektive." Lachend verließ er das Zimmer.

„Der war aber komisch", sagte Ela.

„Onkel Aldo ist eben anders als mein Vater, das sagte ich schon." Verena entschuldigte sich beinahe.

Randy wandte sich an Turbo, der noch immer aß. „Bist du endlich fertig, du Freßkopf?"

„Nein, ich nehme noch Schinken."

„Und dann?"

„Obstsalat. Wer weiß, wann ich wieder was in den Magen bekomme? Bei diesem Nebel sieht man nicht nur die Hand nicht mehr vor Augen, man kann auch keine Lokale erkennen."

„Ja, das sagst du alles."

„Ich gehe mal hoch." Ela schob ihren Stuhl zurück. Verena wollte ihre Freundin nicht allein gehen lassen und blieb an ihrer Seite.

Randy stand auch auf.

„Wo willst du hin?"

„Mich draußen umschauen. Ich bin gleich wieder zurück. Iß ruhig weiter, aber laß ein paar Krümel übrig."

„Neidhammel."

„Worauf denn?"

„Auf meinen gesunden Appetit."

„Gesund?" rief Randy. „Ich werde nicht mehr. Bei dir ist das schon krankhaft."

Bevor Turbo etwas antworten konnte, hatte Randy den Raum verlassen. Die beiden Putzfrauen waren noch immer bei der Arbeit. Randy umging die nassen Flecken und stand wenig später vor dem Gebäude draußen auf dem breiten Kai.

In der Nacht war nicht mehr zu sehen gewesen als an diesem

Morgen. Der Nebel wirkte nur heller, als würden an verschiedenen Stellen Strahler stehen, die ihn von der Rückseite anleuchteten.

Die Luft war nicht nur feucht, sondern auch schwül. Das Wasser stank, es wehte so gut wie kein Wind, und die Menschen, die Randy entgegenkamen, sahen aus wie Schemen.

Er schritt an den angepflockten Booten entlang, schaute genau hin und zählte sie ab.

Randy wußte, daß die *Sole* das sechste in der Reihe gewesen war.

In Gedanken zählte er von einem bestimmten Punkt aus mit – und schüttelte plötzlich den Kopf.

Das Boot war verschwunden!

Noch einmal ging er zurück, zählte abermals, um zu dem gleichen Ergebnis zu kommen.

Er stand vor einem leeren Liegeplatz!

Die Oberfläche des Wassers wirkte an diesem Tag glatt wie Öl. Sein Blick fiel auf die Lücke, die das Boot hinterlassen hatte, und glitt weiter, soweit es der Nebel zuließ.

Dort tauchte ein Schatten auf. Er kam von links, war langgestreckt und an Bug und Heck in die Höhe gebogen.

Eine Gondel!

Randy glaubte, ein leises Tuckern zu hören. Geräusche, die ein Bootsmotor hinterließ. Ihm war bekannt, daß manche Gondeln mit Motoren ausgerüstet waren.

Wie die schwarze Gondel, die dort vorüberschwebte.

Wegen des Nebels sah es so aus, als würde sie über dem Wasser schweben und von den Dunstschwaden getragen werden. Nicht einmal das Rauschen der Wellen war zu hören, wenn sie durch das Wasser glitt. Der Nebel verschluckte alles.

Plötzlich passierte es. Eine durch ein Megaphon verzerrte Stimme hallte dem Jungen entgegen: „Hau ab, verschwinde, sonst wird die Geistergondel dich und deine Freunde ins Jenseits schaffen...“

Randy stand da wie versteinert. Wie ein Spuk war das Schiff schon wieder im Nebel verschwunden.

Randy starrte auf die wabernde Fläche. Irgendwo im Hintergrund tutete eine Sirene. In seinem Rücken ertönte eine Glocke. Ein Eisverkäufer hatte sie angeschlagen. Er zog den Wagen hinter sich her wie eine Rikscha.

Langsam und in Gedanken versunken, kehrte Randy um und ging zurück. Nicht daß ihm die Knie gezittert hätten, doch es bereitete ihm Sorge, daß die verfluchten Kerle offenbar über alle seine Schritte informiert waren.

Die Freunde standen unter Beobachtung. Und wem gehörte das Schiff mit dem Namen *Sole*?

Das mußten sie jetzt als erstes herausfinden! Alles andere spielte keine Rolle mehr. Verena oder ihre Eltern mußten ihnen helfen.

Die beiden Putzfrauen waren weg. Dafür stand Turbo in der Halle und sah sehr zufrieden aus. „Wo kommst du her?" muffelte er seinen Freund an. „Aus dem Nebel."

„Daß du nicht aus der Sonne kommst, habe ich gesehen. War irgendwas Besonderes."

„Und ob."

„Laß hören."

„Später, ich will die Mädchen dabeihaben."

Die Jungen brauchten nicht lange zu warten. Sie kamen die Treppe herab, beide hatten einen Pullover über die Schultern gelegt. In Elas Haar klemmten zwei Spangen, ebenso wie in denen von Verena.

„Fertig zum Geisterbummel?" fragte Ela.

„Fast." Randy winkte mit beiden Händen ab. „Wenn da nicht noch etwas gewesen wäre."

„Und was, Herr Ritter?"

„Die *Sole* ist verschwunden."

„Nein", sagte Verena.

„Ja, ich war am Kai. Da passierte mir folgendes." Randy senkte seine Stimme, als er berichtete.

Die Mädchen bekamen große Augen und sogar eine Gänsehaut. Ela blies eine Haarsträhne aus der Stirn. „Mein lieber Herr Gesangsverein, das geht hart an die Grenze."

Ihre Freundin schaute ängstlich zur Tür.

„Dann bleiben wir am besten hier – oder?"

Randy hob die Schultern. „Ich weiß nicht, Verena. Wichtig ist, daß wir herausfinden, wem dieses blöde Boot gehört."

„Meine ich auch", erwiderte das Mädchen.

„He", sagte Turbo. „Du bist gemeint, Verena."

„Wieso ich?"

„Weil du anrufen sollst."

„Die werden mir nichts sagen."

„Du brauchst denen doch nicht zu erklären, daß du die Scutti-Tochter bist. Euer Name ist bekannt, sicherlich auch bei der Hafenbehörde oder wie die immer heißen mag."

„Das Register."

„Dann versuche es."

Verena überlegte noch. Schließlich nickte sie und atmete tief durch. „*Bene*, ihr habt mich überzeugt. Hoffentlich geht es nicht schief."

Turbo schüttelte den Kopf. „Unsinn, was soll denn schiefgehen? Du weißt doch. Wer nicht wagt und so weiter..."

„Laß die dummen Sprüche!" fuhr Ela den Freund an. „Das ist nicht einfach für Verena. Wäre es für mich auch nicht."

„Ja, ja, schon gut."

Verena Scutti war im Nebenzimmer verschwunden, wo auch eines der Telefone stand, von denen es mehrere in dem Haus gab.

„Sollen wir ihr nachgehen?"

„Nein, Turbo."

„Sehr wohl, *Signorina*."

Randy schwieg, trat von einem Fuß auf den anderen und ging dann in der Halle auf und ab.

„Was ist mit dir?" fragte Ela.

„Ich habe ein so blödes Gefühl."

„Inwiefern?"

„Daß wir noch eine Überraschung erleben, die uns umhaut. Es wird nicht mehr lange dauern."

„Du meinst mit dem Boot?"

„Kann sein."

Sie schwiegen, warteten. Ein Mann betrat die Halle. Er gehörte zum Personal und erkundigte sich nach ihren Wünschen. Sie dankten ihm, sie brauchten nichts; selbst Turbo schien einmal wirklich satt zu sein.

Als Verena Scutti zurückkam, sah sie aus wie eine Leiche. Sie ging marionettenhaft steif, als hätte sie den Schock ihres Lebens bekommen. Sie sah die Freunde und sah sie doch nicht. Wie eine Mondsüchtige, nur nicht mit ausgestreckten Armen, steuerte sie einen Stuhl an und ließ sich darauf nieder.

Ela war sofort bei ihr. „Was ist mit dir, Verena? Was hast du denn? Bitte ..."

Verena redete langsam, als müßte sie das Sprechen erst noch üben. „Ich habe telefoniert, und ich weiß jetzt, wem das Boot gehört, falls man mich nicht belogen hat."

„Wem denn?" rief Ela. „Rede schon! Mach es doch nicht so spannend, zum Teufel!"

„Ihr kennt ihn auch, ja, ihr kennt den Eigner. Es ist ..." Sie holte noch einmal Atem. „Es ist mein Onkel Aldo ..."

Das war ein Hammer, der Klopfer des Monats, die Überraschung schlechthin!

Randy fing sich als erster, während Turbo auf den Steinboden starrte, als wollte er kontrollieren, ob auch gut geputzt worden war. „Du bist verrückt, Verena. *Scusi*, aber ..."

„Ich wollte, ich wäre es. Leider bin ich es nicht. Ich habe angerufen und den Namen des Besitzers erfahren. Es ist mein Onkel Aldo. Das habe ich nicht gewußt."

Randy wischte über sein linkes Auge. „Dann weiß ich auch, weshalb das Boot verschwunden ist. Dein Onkel ist damit abgedampft, als wir noch frühstückten."

„Das muß so gewesen sein", flüsterte Verena. Sie saß da, den Blick ins Leere gerichtet. „Aber was kann das alles bedeuten?"

„Das möchte ich auch gern wissen!" rief Randy. „Verflixt noch mal, es ist zum Heulen."

„Onkel Aldo, ich packe es nicht. Komisch war er schon immer. Aber daß er so etwas..."

„Noch ist nichts bewiesen!" rief Turbo. „Noch steht überhaupt nichts fest – klar?"

„Was wollen wir denn beweisen?"

„Daß er mit den Dieben unter einer Decke steht. Er kann uns die Warnung ins Zimmer gelegt haben, aber vielleicht auch jemand anders."

„Er ist oft in Deutschland", sagte Verena leise. „Die Dienstreisen nimmt er gern auf sich. Und er wird sich dabei nicht nur um Nudeln oder Soßen gekümmert haben. Der hatte auch Zeit, um andere Dinge in die Wege zu leiten."

„Denkst du an den Aufbau einer Bande?" fragte Ela.

„So ähnlich."

„Und was ist, wenn du mit deinen Eltern sprichst? Sie müssen informiert werden."

„Was würde das nützen?" Verena lachte. „Ich glaube kaum, daß sie uns glauben."

„Auch dir nicht?" fragte Turbo. „Du bist die Tochter."

„Und Onkel Aldo ist der Bruder meines Vaters. Hätte ich euch doch nicht in diese blöde Gasse geführt, wo die Madonna stand. Jetzt ist alles zu spät."

Randy dachte anders darüber, schwieg aber. „Du hast es nun getan, Verena, das Kind ist in den Brunnen gefallen, und wir müssen es herausholen. Vielleicht ist alles nur ein Zufall, das mit dem Boot. So etwas gibt es ja."

„Daran glaube ich nicht."

„Also willst du deinen Eltern vorerst nichts sagen?" vergewisserte Turbo sich.

„Ja."

„Was machen wir dann?"

In Randys Augen stand die Antwort auf die Frage schon zu lesen. Auf keinen Fall einen Rückzieher, jetzt nicht mehr...

Gibli telefonierte und hatte dabei eine Haltung eingenommen, die ihn noch kleiner machte. Am anderen Ende der Leitung sprach sein großer Chef, und dem stand das Wasser bis zum Hals. „Ja, *Signore*, ich weiß Bescheid. Ja, ich werde die anderen anrufen. Sofort, *si, si*..."

Während er zuhörte, trat der Schweiß auf seine Stirn. Ausgerechnet jetzt betraten Kunden seinen Laden. Touristen, typische Deutsche, mit dem Fotoapparat vor der Brust. Die Frau sprach mit einer hohen Quäkstimme: „Schau doch mal, Dikkerchen. Ist dieser Spiegel nicht einfach supertoll?"

„Ja, mein Mäuschen."

„Kaufst du ihn mir?"

„Soll ich?"

„Ach ja..."

Der Chef hatte gehört, daß sich im Laden etwas tat, und fragte mit scharfer Stimme nach.

„Kunden."

„Schmeiß sie raus! Ich werde dann mit dem Boot kommen, wir treffen uns am vereinbarten Punkt."

„*Si, Signore*."

Gibli, der Zwerg, ließ den schweißfeuchten Hörer auf die Gabel fallen, trocknete seine Hände an seinen Hosen und kroch hinter der Kasse hervor. Erst jetzt sah ihn das Paar. Sie erschraken heftig, als Gibli sie böse anschaute.

„Huch", sagte die Frau, „der sieht ja aus wie Rigoletto aus der Verdi-Oper."

„Das bin ich auch!" knurrte Gibli, der für die beiden unerwartet ihre Sprache verstand. „Wenn ihr nicht abhaut, stecke ich euch beide in einen Sack und ertränke euch im Kanal."

Die Frau bekam einen Schock. „Hast du das gehört, Dickerchen? Hast du das gehört?"

„Ja."

„Warum tust du nichts, wenn man deinem Mäuschen und dir derartig schlimm droht."

„Ja, ähm..."

„Los, tu was."

„Sicher, Mäuschen, ich tue auch was. Wir gehen, wir verlassen das Geschäft und strafen ihn mit Verachtung."

„Mehr nicht?"

Der Dicke ging bereits zur Tür. „Reicht das denn nicht? Er kann an uns nichts verdienen. Vielleicht arbeitet der auch mit der Mafia zusammen. Das ist ja hier alles möglich."

„Ja!" knurrte Gibli von neuem. „Haut ab, ihr beiden. Haut ganz schnell ab, sonst schneide ich euch die Zunge heraus."

Das wirkte. Dickerchen und Mäuschen verschwanden wie von der Tarantel gestochen.

Der Zwerg atmete auf. Bevor noch jemand erscheinen konnte, schloß er die Tür schnell ab.

Wie ging es weiter?

Die Antiquitäten mußten so schnell wie möglich aus dem Laden geschafft werden. An sich kein Problem, wäre das Wetter normal gewesen.

Das aber war es nicht. Der verfluchte Nebel hatte die Stadt Venedig in dicke Watte gepackt. Wer jetzt unterwegs war, der mußte sich buchstäblich Schritt für Schritt vorantasten. Auch Einheimischen, die sich auskannten, ging es da nicht besser. Es sah nicht gut aus.

Mario Spinalo und Dino Varese waren Leute, die immer wie auf Abruf bereitstanden. Sie hatten sich stets zur Verfügung zu halten und sich abzumelden, wenn sie aus der Stadt verschwanden.

Dino besaß kein Telefon. Da er sowieso mehr bei seinem Kumpan als in seinem Zimmer hockte, hatte er darauf verzichten können.

Es dauerte, bis Mario an den Apparat kam, und seine Stimme klang nicht begeistert. „Ja, was ist denn?"

„Ich bin es."

„Nein, Gibli, nicht jetzt."

Der Zwerg hörte im Hintergrund das Kichern von Frauen. „Schick die Weiber weg, Mario."

„Warum?"

„Weil ich Arbeit für euch habe, verstanden?"

Der andere lachte. „Verstanden schon, aber nicht begriffen, wenn du das meinst."

„Das mußt du aber begreifen, du Stinker. Vergiß nicht, wem du dein Einkommen zu verdanken hast."

„Das ist jämmerlich genug."

„Ich bin ja nicht so. Ihr bekommt eine Zulage bei diesem miesen Wetter. Schön?"

„Wie hoch?"

„Darüber reden wir."

Mario ließ Gibli keine Chance. „Nein, du Zwerg, ich will es jetzt wissen, sonst setze ich meinen Hintern erst gar nicht in Bewegung, und Dino auch nicht."

„Also schön. Fünfhunderttausend."

„Für jeden."

„*Si*", knirschte der Zwerg.

„Wann sollen wir kommen?"

„So schnell wie möglich. Und nehmt die Gondel."

„Mit der sind wir heute morgen schon gefahren. Wir haben einem Jungen das Fürchten gelehrt."

„Ach ja? Wer gab euch den Auftrag?"

„Der hohe Chef persönlich."

„Davon weiß ich ja nichts."

„Der sagt dir auch nicht alles. Bis gleich dann. Wir werden uns durchkämpfen."

Gibli schüttelte den Kopf. Er war überhaupt nicht zufrieden. Irgendwie sah er seine dicken Felle wegschwimmen.

Etwas stimmte da nicht.

Wütend durchmaß er seinen kleinen Laden. Vor den Antiquitäten aus Düsseldorf blieb er stehen. Er hätte sie gern verkauft. Vielleicht später, jetzt mußten sie erst einmal weggeschafft werden. Voller Wut und Zorn dachte er an die Jugendlichen, die gestern in den Laden gekommen waren. Ihnen hätte er mit dem größten Vergnügen den Hals umgedreht. Mit einer scheußlichen Grimasse fletschte er die Zähne.

Aber es half alles nichts, er mußte an die Arbeit und die Stücke einpacken, damit sie so schnell wie möglich auf die Gondel geladen werden konnten, sobald sie anlegte.

Als erstes nahm er den Spiegel von der Wand...

Verena Scutti hatte den Schock noch immer nicht verdaut, daß ihr eigener Onkel möglicherweise mit den Antiquitätendieben unter einer Decke steckte oder sogar ihr Chef war. Immer wieder fing sie davon zu sprechen an.

Randy versuchte, sie zu beruhigen: „Wir haben keinen Beweis dafür, Verena."

„Ich ja."

„Nein, es ist..."

„Randy, ich finde es ja toll, daß du mich trösten willst, doch es hat keinen Sinn. Ich bin nicht mehr vom Gegenteil zu überzeugen."

Die Freunde standen auf Deck des Bootes, das Verenas Vater gehörte. Auch der Bootsführer war der gleiche, der sie vom Bahnhof abgeholt hatte.

Sie fuhren auf dem Canale Grande, wenn auch sehr vorsichtig. Der Nebel war einfach zu dicht. Mehr als einmal in der Minute dröhnte das Nebelhorn auf.

Das Wasser des Kanals lief gurgelnd und schmatzend an der Bordwand entlang. Manchmal erschien auch der Umriß eines anderen Schiffes. Immer geisterhaft und kaum zu hören.

Sie wollten bis zu einer bestimmten Anlegestelle fahren und von dort zu Fuß zum Laden laufen. So sah ihr Plan aus. Nicht aufgeben, nachschauen und Beweise finden.

„Wie lange noch?" fragte Turbo.

„Sag nicht, daß du schon Hunger hast!" warnte Randy.

„Woher. Ich will nur wissen..."

„Das kann man nicht sagen. Jedenfalls fahren wir nicht bis zur Piazza di San Marco."

Die Rialto-Brücke lag bereits hinter ihnen.

Das Schiff drehte bei.

Verena nickte. „Jetzt legen wir gleich an."

Sie gaben acht. Abermals tutete das Nebelhorn mehrere Male hintereinander. Bei diesem Wetter war es nicht einfach anzulegen.

Der Steuermann gehörte zu den besten in seinem Fach, und er kam auch mit dem Nebel zurecht. Geschickt manövrierte er sein Schiff an die Anlegestelle heran, drehte es dann nach Backbord, so daß es am Kai anlag.

Autoreifen federten den Aufprall ab, und Helfer huschten wie Schatten herbei.

Der Steuermann öffnete die Reling an einer Stelle, so daß seine Passagiere das Schiff verlassen konnten.

Sofort drängten sie sich hinter einer der Buden zusammen, die Andenken verkauften. Unsicher schauten sich die drei vom Schloß-Trio um. „Da ist nichts zu sehen", beschwerte sich Randy. „Nur Suppe."

Verena konnte wieder lächeln. „Keine Sorge, ich bin oft genug bei Nebel durch Venedig gewandert. Das packen wir schon."

„Hoffentlich."

Sie ließen sich von der jungen Italienerin führen. Bald schon kamen sie in ein Gewirr von abenteuerlich engen Gassen. Neben ihnen gluckerte das Wasser, und es stank fürchterlich aus den Kanälen. Trotz des Nebels waren viele Leute unterwegs. Man versuchte, sich gegenseitig auszuweichen, murmelte Entschuldigungen, und dennoch war so mancher Zusammenstoß nicht zu vermeiden.

Turbo, der als letzter ging, fluchte plötzlich laut. Er hatte nicht achtgegeben und war ausgerutscht.

Randy kehrte zurück. „Nun ja, ich will ja nicht so sein." Er streckte seine Hand aus, umklammerte Turbos Arm und zerrte seinen Freund stöhnend in die Höhe.

Randy beschwerte sich lautstark, wie schwer Turbo sei.

„Das kommt dir nur so vor, weil du eben keine Kraft mehr hast."

„Nein, du ißt zuviel."

„Dumme Ausrede."

Verena Scutti drängte weiter. „Macht schon ihr beiden, wir sind nicht hier, um uns auszuruhen."

„Keine Panik!"

Nach einer Weile erkundigte sich Ela, die hinter Verena ging: „Waren wir eigentlich schon in dieser Gegend?"

„Klar. Kannst du dich nicht erinnern?"
„Darf ich mal lachen?"
Die nächste Gasse war ein noch engerer Schlauch, allerdings ohne einen Kanal, so konnten sie wenigstens die gesamte Breite benutzen. Dafür huschten nun Radfahrer in Schlangenlinien durch die Menge. Sie freuten sich diebisch darüber, wenn ihnen Passanten mit einem erschreckten Satz zur Seite auswichen.

Die Freunde unterhielten sich nicht mehr. Jeder merkte die Spannung, die sie ergriffen hatte. Sie lastete wie Blei auf ihnen und ließ sie gleichzeitig innerlich zittern.

Verena ging jetzt langsamer. Sie schaute öfters über ihre Schulter zurück und bog schließlich um eine Ecke. Eine neue Gasse lag vor ihnen, diesmal allerdings wieder mit einem Kanal in der Mitte.

Verena Scutti blieb so plötzlich stehen, daß Ela beinahe gegen sie geprallt wäre. „Wir sind da."

„Ehrlich?"

„*Si*, ich habe mich nicht geirrt."

Plötzlich hörten sie ein leises Rauschen. Wie auf Kommando drehten sie die Köpfe nach links.

Ein dunkler Schatten huschte durch die Nebelschwaden, schien die Wasserfläche kaum zu berühren.

Eine Gondel!

Sie kam heran. Randy trat bis dicht an den Rand des Kanals, starrte der Gondel entgegen und schüttelte den Kopf.

„Hast du was?" fragte Turbo.

„Das ist sie!" flüsterte Randy. „Zum Teufel, das ist sie. Die schwarze Gondel, die ich heute morgen gesehen habe."

„Du bist..."

„Nein, ich bin sicher. Am Bug dieses helle Blinken." Er war schrecklich aufgeregt. „Das habe ich doch gesehen." Er nickte. „Ihr könnt mir glauben, es ist die Geistergondel..."

8. Die Geistergondel

Vier Augenpaare verfolgten die Fahrt der schwarzen Gondel, die langsam an ihnen vorbeiglitt. Sie sahen auch die beiden Männer an Deck.

Der eine stand am Heck und lenkte, der andere war damit beschäftigt, Decken auszubreiten. Er war spindeldürr, das konnten sie selbst bei der schlechten Sicht erkennen. Der andere Mann trug einen Bart, und sie bekamen auch mit, daß die Gondel einen Motor besaß.

Dann war sie vorbei, und das Rauschen ebbte ab.

Kein anderes Boot glitt über den Kanal, nur die geheimnisvolle Geistergondel war vorbeigefahren und vom Nebel verschluckt worden wie von einem Maul.

„Was wollen die hier?“ überlegte Turbo laut.

Randy nickte. „Das habe ich mich auch gefragt.“ Er faßte Turbo am Ellbogen. „Paß auf, ich kann mir die Antwort schon denken.“ Er atmete heftig. „Die werden sicherlich anfangen, auszuräumen und die Waren wegschaffen.“

„Die kostbaren Antiquitäten?“ fragte Ela.

„Was sonst? Das müssen sie doch. Wir haben sie entdeckt. Bevor die Polizei sich mit ihnen beschäftigen kann, müssen sie verschwunden sein, so sehe ich das.“

„Das kann stimmen.“

Turbo schlug seine Hände kurz zusammen. „Dann werden wir zum Laden gehen.“

„Nein, das ist zu gefährlich.“

„Verena, ich bitte dich. Bei diesem Nebel sieht uns nicht mal eine Kanalratte.“

„Ich weiß nicht.“

Ela war vom Jagdfieber gepackt. „Komm schon!“ flüsterte sie. „Turbo hat recht, wir müssen etwas tun.“

Verena Scutti brauchte sie nicht mehr zu führen. Sie kannten jetzt den Weg. Dicht an den alten Fassaden entlang schlichen sie weiter.

Weit brauchten sie nicht zu laufen. Schon bald sahen sie wieder die Umrisse der Gondel.

„Sie hat angelegt!“ hauchte Randy und schlug mit der rechten Faust in seine linke Handfläche. „Verflixt noch mal, ich wußte es. Ich habe es gewußt.“

In sicherer Entfernung blieben sie stehen, um zu beratschlagen. Randy fragte: „Wen kennt der Händler?“

„Dich und mich“, antwortete Ela prompt.

„Genau.“

Die Augen des Mädchens blitzten. „Aber nicht Turbo und Verena."

„Ebenfalls richtig."

„Soll das heißen, daß wir den Laden betreten sollen?" fragte Turbo. „Oder wie sehe ich das?"

„Erraten!"

„Was weiter?"

Randy lachte auf. „Ha, ich finde, daß Verena nach ihrem Onkel fragen kann. Wäre doch irre – oder?"

„Nein, mache ich nicht!"

„Bitte, Verena." Randy legte ihr eine Hand auf die Schulter. „Das mußt du tun."

Sie verdrehte die Augen. „Was ist, wenn alles stimmt?"

„Den Kopf werden sie dir nicht abreißen. Wenn du nach deinem Onkel fragst und er tatsächlich der Boß ist, kommen sie in arge Bedrängnis, dann wissen sie nicht mehr weiter."

„Die Idee könnte von mir sein, so gut ist sie!" gab Turbo zu.

„Was wollt ihr denn inzwischen tun?" fragte Verena. „Etwa draußen vor dem Geschäft warten?"

„So ungefähr. Nur schauen wir uns die Gondel näher an. Wir werden die Kerle überraschen."

„Das ist gefährlich."

Randy winkte ab. „Stell dich nicht so an, Verena. Was ist heute nicht gefährlich?"

„Na, ich weiß nicht..."

Turbo machte Nägel mit Köpfen. Er zerrte Verena hinter sich her. „Wir beide schauen uns den Laden mal aus der Nähe an. Mal sehen, wen wir da alles treffen."

„Denkst du an meinen Onkel?"

„Möglich ist alles..."

Ela und Randy waren zurückgeblieben, so gingen Turbo und Verena als erste an der Gondel vorbei, die tatsächlich vor dem Laden angedockt hatte und von ihrer Zweimannbesatzung verlassen worden war.

Die Männer mußten sich im Geschäft befinden, dessen Tür weit offen stand.

Verena holte tief Luft und faßte nach Turbos Hand, der deutlich spürte, daß sie zitterte.

„Keine Panik, ich bin bei dir."

„Dafür kann ich mir auch nichts kaufen."

Er zog sie die Stufe hoch. „Mensch, du hast schon die gleichen Sprüche wie Ela drauf."

„Das färbt wohl ab."

Mit trockenem Mund betrat Verena das Geschäft. Turbo hatte sich auch schon mal besser gefühlt.

Drei Männer wandten ihnen die Rücken zu. Sie standen gebückt, da sie gerade eine große Kiste anheben wollten. Die Kiste war schwer, und die Männer strengten sich an, um sie in die Höhe zu bekommen.

Sie hatten es beinahe geschafft, als Turbo sich laut räusperte und die drei so sehr erschraken, daß ihnen die Truhe wieder aus den Händen glitt und sie wuchtig auf den Boden schlug.

Gibli rührte sich als erster. Aus der gebückten Haltung schnellte er hoch und fuhr mit einem Schrei auf den Lippen herum. Aus froschartig hervorquellenden Augen starrte er den ungebetenen Besuch an.

„*Bon giorno*", sagte Verena und wunderte sich, wie sehr sie ihre Stimme unter Kontrolle hatte.

Gibli glotzte nur, er sagte nichts. Auch die anderen beiden starrten die Besucher an.

Der Zwerg öffnete seinen Mund. Tief holte er Luft. „Haut ab!" keuchte er auf italienisch, was Turbo noch erriet. Alles Weitere konnte er nicht verstehen. „Verschwindet, ihr beiden Gaffer, sonst mache ich euch Beine. Ich schmeiße euch in den Kanal, ihr neugieriges Pack!"

„Bleib ruhig", murmelte Turbo an Verena gewandt. „Laß dich nicht verrückt machen!"

„Ja, ich weiß Bescheid."

„Los, weg mit euch!"

„Nein!" Wütend trat Verena mit dem Fuß auf. „Wir gehen nicht!"

„Packt sie!" befahl der Zwerg. Seine beiden Kumpane setzten sich in Bewegung, aber Turbo war schneller. Mit einem großen Satz hatte er den Spiegel erreicht, den Gibli von der Wand genommen und auf den Boden gestellt hatte. Ein sehr wertvolles Stück, noch mit der alten Scheibe, und Turbo brauchte kein Wort zu sagen, nur seinen rechten Fuß anzuheben.

„Sag ihnen, Verena, daß ich die Scheibe zertreten werde, wenn sie uns angreifen."

Das übersetzte das Mädchen. Gibli wußte nicht, was er machen sollte. Zunächst war er so überrascht, daß er seine Kumpane zurückhielt, und Turbo atmete hörbar auf, denn er wußte selbst, wie riskant seine Aktion gewesen war.

„*Bene*, wir warten eine Minute. Jetzt kannst du sagen, was du willst, Kleine."

„Ich möchte mit meinem Onkel sprechen!"

Zack – jetzt war es heraus, und Verena wartete gespannt auf die Reaktion des Mannes.

Der Zwerg lachte heiser, als hätte er Sandpapier geschluckt. „Sehe ich aus wie dein Onkel?" Er kriegte sich nicht mehr ein. „Sehe ich so aus?"

„Nein."

„Oder meine Freunde hier?"

„Auch nicht."

„Dann gibt es deinen Onkel hier nicht. Jetzt raus hier, verstanden? Wir haben zu arbeiten."

„Mein Onkel hießt Aldo Scutti!"

In den folgenden Sekunden schüttelte sich Gibli wieder vor Lachen.

Verena setzte mutig noch eins drauf. „*Si*, es stimmt wirklich, daß er mein Onkel ist. Sie kennen ihn doch auch. Oder täusche ich mich?"

„Mädchen, mein Onkel ist der Kaiser von China. Kennst du den auch?" Gibli kam drohend näher. Er hatte zu lachen aufgehört, und seine Miene verhieß nichts Gutes. „Was wollt ihr eigentlich hier? Schert euch nach Hause!"

Verena wich zurück. Ratlos schaute sie Turbo an und übersetzte ihm schnell, was der Zwerg gesagt hatte.

„Verdammt", flüsterte Turbo. „Dein Onkel tritt wahrscheinlich nie selbst auf. Der hat seine Leute für die Dreckarbeit."

„Raus!" brüllte Gibli von neuem.

Seine beiden Helfer standen nun hinter ihm.

„Das gibt Ärger!" wisperte Verena, die plötzlich ihre Sicherheit verloren hatte.

Sie wollte noch etwas sagen, als draußen das Brummen eines Motors aufklang. Auch die Männer hatten es gehört. Sie wurden unruhig und flüsterten miteinander.

Verena und Turbo nutzten die Gunst des Augenblicks.

„Machen wir, daß wir hier rauskommen!" zischte Turbo und zog das Mädchen in Richtung Tür.

Ela und Randy hatten noch einen Augenblick gewartet, dann enterten sie die Gondel!

Ob damit jemals Touristen befördert worden waren? Das Boot sah ziemlich leer und auch primitiv aus. Die Ruderbänke und die innen angebrachten Haltegriffe waren nicht lackiert. Auch die Sitzbank am Heck konnte nicht eben bequem sein. Sie hoben die Decken an, die sicher dafür gebraucht wurden, um die heiße Ware zu verstecken. Nichts lag darunter verborgen.

Randy turnte zum Heck, wo auch der Motor war. Ela ging zum Bug und suchte dort. In der Mitte trafen sie schließlich wieder zusammen.

„Fehlanzeige", sagte Ela.

Randy nickte. „Sie haben noch nichts herausgeschafft."

„Und jetzt?"

„Es wäre vielleicht besser, wenn wir die Gondel verlassen und zu den anderen gehen."

„Was willst du da?"

„Ihnen vielleicht helfen...?"

Ela runzelte die Stirn. Plötzlich weiteten sich ihre Augen, und auch Randy rührte sich nicht, denn ebenso wie Ela hatte er das dumpfe Tuckern vernommen, das durch den dicken Nebel drang.

„Ein Boot, Randy..."

„Was sonst?"

„Hör auf, Mann. Gerade jetzt. Das kann nur bedeuten, daß dieser Zwerg Besuch bekommt."

„Von wem denn?"

„Vielleicht von seinem Boß."

„Dann wäre Scutti auf dem Weg."
„Und wie."
Die beiden duckten sich, als sie jetzt den Schatten sahen, der sich durch die Schwaden schob. Die Bordwand war höher als die der Gondel. Es sah aus, als wollte das Motorboot jeden Augenblick die Gondel rammen.
Dann aber legte es direkt vor der Gondel an. Ela hatte den

Hals lang gemacht und alles mitbekommen. „Das habe ich mir gedacht", wisperte sie.

„Kannst du jemand erkennen?" Randy blieb weiterhin in der Hocke.

„Nein, noch nicht, aber... jetzt!" rief sie. Da geht einer von Bord, Randy."

„Wer denn?"

„Kann ich nicht sehen."

„Könnte er es denn sein?"

„Ja, Randy, jetzt sehe ich ihn genau. Es ist Aldo Scutti!"

Im Moment konnten sie nichts unternehmen. Ela berichtete weiter: „Der... der geht in das Geschäft. Ich möchte wissen, wie..."

Randy schnellte schon hoch.

„Wo willst du denn hin?"

„Auf das Motorboot. Dem vermassele ich die Tour. Irgendwie kriege ich schon was kaputt."

„Gut, dann gehe ich in den Laden."

Randy war schon von Bord. Er brauchte nur ein paar Schritte zu laufen, um das Motorboot zu erreichen. Als er an Deck kletterte, lächelte er, denn er hatte trotz des Nebels den Namen des Bootes lesen können.

Sole.

Er war goldrichtig. Das Ruderhaus bestand aus einem ziemlich hohen Aufbau. Klobig ragte es in die Höhe, umwabert von den grauen, feuchten Tüchern. Trotz der Enge des Kanals konnte Randy fast nichts von den Hausfassaden erkennen.

Und auch die Gestalt sah er zu spät.

Sie hechtete auf ihn aus dem Schatten des Ruderhauses. Mit einem zweiten Mann hatte Randy nicht gerechnet; das Gesicht erschien ihm wie eine Maske.

Bleich mit einem dunklen Strich in der Mitte, der in Wirklichkeit ein Oberlippenbart war.

Randy glaubte ihn zu erkennen. Es war der Mann, der Turbo am Kai bedroht hatte, am Abend, als die Scuttis ihre Fete gaben.

Jetzt packte er an, hebelte Randy mit einem Tritt von den Beinen, und der Junge fiel auf den Rücken. Daß er nicht mit dem Hinterkopf aufschlug, war reines Glück.

Eine Hand griff nach seinem Hals, umklammerte ihn, der Druck preßte ihn gegen die Bohlen, und eine andere Hand erschien, aus deren Faust etwas Langes hervorschaute.

Die Messerklinge! Randy blieb starr liegen...

Aldo Scutti schaute nur ihn an. Turbo sah, wie sich der Mund zu einem Grinsen verzog. Die Augen aber lächelten nicht, und auch die Worte, die Scutti sprach, waren nicht dazu angetan, Turbos Laune zu heben.

„Ich habe es mir gedacht, du kleiner Schnüffler! Ich habe es mir doch gedacht!“ Mit dem ausgestreckten Zeigefinger stieß er gegen Turbos Brust. „Immer nur schnüffeln, wie? Immer die verdammte Nase in Dinge hineinstecken, die euch nichts angehen. Weshalb seid ihr nicht verschwunden, he? Ich hatte euch gewarnt...“

Turbo fing an zu stottern. „Wir... wir... ähm... wollten schon. Aber es war Nebel...“

„Na und?“

„Nun ja, ich meine... die Züge, wissen Sie...“

„Die fahren sogar, wenn es Backsteine regnet. Zwar mit Verspätung, aber sie fahren. Wir haben euch mehrmals gewarnt, ihr habt nicht gehört. Dafür werdet ihr büßen.“

„Was wollen Sie denn machen?“

„Euren Urlaub verlängern. Einsperren. Schon mal was von der Seufzerbrücke und ihren Verliesen gehört?“

„Ich habe in Geschichte aufgepaßt.“

„Gut, dann wirst du auch wissen, wie gefährlich die sind, mein Kleiner.“ Er hüstelte. „Ihr habt uns keine andere Wahl gelassen, wir müssen uns absetzen, die Sachen aus dem Land schaffen, wenn du verstehst. Dein Pech.“

„Schon, aber...“

„Kein aber. Man wird euch irgendwann finden, aber den Zeitpunkt bestimme ich.“

Scutti hatte sich allein auf Turbo konzentriert und nicht in den Laden hineingeschaut. Um so überraschter war er, als er plötzlich eine Mädchenstimme hörte.

„*Bon giorno*, Onkel Aldo!“ Verena hatte hinter der Tür gestanden. Nun stellte sie sich vor Turbo. Scutti sah aus, als hätte ihm jemand erzählt, daß er nur noch zwei Stunden zu leben hätte. Er wurde leichenblaß. Die Stimme hatte ihn wie ein Schwerthieb getroffen.

Verena kam auf ihn zu. Sie ging steif, den Blick auf ihren Onkel gerichtet.

„Was wolltest du machen, Onkel? Du wolltest uns einsperren? Deine eigene Nichte und deren Freunde? Hast du das wirklich vorgehabt? Ich bin gespannt, was dein Bruder, mein Vater, dazu sagen wird, wenn er das hört.“

„Er weiß es nicht.“

„Bist du sicher, daß er es nicht weiß? Denkst du, wir wären so dumm und würden nur auf eigene Faust arbeiten?“ Verena bluffte ausgezeichnet, wie Turbo zugeben mußte, und sie hatte es geschafft, ihren Onkel in Verlegenheit zu bringen.

Der wußte nicht, was er sagen wollte. Hinter Verena bewegten sich auch Gibli und die beiden Helfer. Langsam begriffen sie, daß es ihr Boß, der *Capo*, war, der vor ihnen stand. Von draußen her schlich ebenfalls eine Gestalt herbei. Ela Schröder.

Nur Randy fehlte.

„Was sagst du Onkel?“

Scutti hatte sich wieder gefangen. „Aufräumen“, befahl er den Männern. „Die Sachen müssen weg. Los, ihr werdet sie auf das Schiff laden.“ Auf deutsch fügte er hinzu: „Die Schnüffler schaffen wir solange in den Keller. Das wird reichen!“

Auch Ela hatte die Worte vernommen. Wenn sie vieles mochte, feuchte Keller in Venedig gehörten nicht dazu. Verzweifelt hatte sie nach einer Möglichkeit gesucht, das Blatt zu wenden.

Die Madonna stand noch im Schaufenster. Das Mädchen bückte sich und hob sie hoch. Hinter Scuttis Rücken meldete sie sich. „Wenn Sie das machen, *Signore*, werde ich die Figur in den Kanal werfen!"

Scutti fuhr herum. „*Was* willst du?"

„Ich schmeiße das Ding in den Kanal!"

„Ach nein!"

„Doch, ich mache es!" Ela ging einen Schritt zurück und tauchte in die Schwaden. Scutti verzog das Gesicht. „Pietro!" brüllte er dann. „Pack sie!"

Der Mann mit dem Messer hieß Pietro!

Er kniete auf Randy und hielt ihm die Spitze des Messers an die Kehle. Sein warmer Atem streifte Randys Gesicht, und seine Augen funkelten böse. Randy konnte sich vorstellen, daß dieser Mann vor nichts haltmachen würde.

„Was willst du denn?" flüsterte der Junge und schielte auf die Klinge. „Wir haben euch nichts getan."

Pietro verstand ihn nicht. Er zischte ihm etwas auf italienisch zu; diesmal mußte Randy passen.

Da hörten sie den Schrei.

„Pietro!" Es folgten Worte, die Randy nicht verstand, dafür der Mann mit dem Messer. Sein Kopf ruckte in die Höhe. Er starrte über Randy hinweg, das Messer zitterte, und der Junge bekam schreckliche Angst. Wenn sich Pietro vertat, dann...

Der Mann sprang auf!

Mit einem geschmeidigen Satz war er auf den Beinen, um zu seinem Boß zu rennen. Der Junge war unwichtig geworden. Aber Randy hatte sich von seinem Schreck schnell erholt.

Pietro befand sich noch im Sprung, als Randy sich auf dem Deck herumwälzte und seinen Körper vorwarf. Er hatte den rechten Arm so weit wie möglich ausgestreckt, die Hand griff zu wie eine Klammer, und sie bekam Pietros rechtes Bein zu packen.

Um den Knöchel schloß sich der Griff. Pietro, der soeben von Bord springen wollte, wurde hart zurückgerissen. Er verlor das Gleichgewicht, kippte erst zur Seite, dann nach vorn und schlug mit einem dumpfen Laut gegen die Reling.

Daß er dabei mit dem Kinn genau auf den Handlauf hämmerte, war sein persönliches Pech. Dieser Aufprall verwandelte den Fall in einen klassischen K. o.!

Als Randy sich über ihn beugte, lag Pietro still, das Messer noch in der Hand.

Der Junge wand es ihm aus der Faust und schleuderte es in den Kanal. Er haßte diese heimtückischen Waffen. Mit Messern sollte man Tomaten und Zwiebeln schneiden, aber nicht auf Menschen losgehen.

Auf dem Boot konnte er nicht bleiben. Scutti hatte nach Pietro gerufen, er würde ihn vermissen, und Randy grinste, als er daran dachte, daß er nun Pietros Stelle einnehmen würde. Auf Scuttis Gesicht war er jetzt schon gespannt.

Schnell kletterte er über die Reling. Der Rest war ein Kinderspiel.

Scutti drehte sich, als die Gestalt erschien. „Pietro... ähm...!" Er blieb vor Schreck auf dem Fleck stehen. Seine Augen weiteten sich, und aus seinem Mund drang ein schweres Ächzen.

„Du?"

„Ja, ich!"

„Randy!" jubelten Ela und Verena wie aus einem Munde. Nur Turbo hielt sich zurück und ging langsam in Richtung Kanal.

Scutti schüttelte den Kopf, als könne er es noch immer nicht glauben.

Dann drehte er durch. Es war ihm egal, was aus den Männern und Gibli geschah, er wollte nur seine eigene Haut retten. Er reagierte so schnell, daß weder Randy noch die beiden Mädchen etwas dagegen tun konnten. Auf einmal war er weg.

Wie Turbo.

Der freute sich zum erstenmal über den Nebel, weil er ihm die nötige Deckung gab. Turbo hatte sich ausgerechnet, daß Scutti mit seinem Boot fliehen würde.

Und genau da wartete er!

Aldo Scutti kam, er sprang – und streckte plötzlich seine Hände vor, als wolle er einen Geist abwehren.

„Nein...!"

Das Brüllen endete in einem Gurgeln, denn Turbo hatte Scutti auflaufen lassen und ihn mit einem geschickten Wurf über seine Schulter und den Rücken geschleudert.

Scutti schlug einen unfreiwilligen Salto. Er landete hart auf dem Pflaster, wollte sich wieder hochstemmen, als Turbo schon seinen rechten Arm packte und diesen so drehte, daß er Scutti in den Polizeigriff nehmen konnte.

„Wenn Sie eine falsche Bewegung machen, breche ich Ihnen den Arm!“

Scutti rührte sich nicht. Dafür lachte er. Laut, schrill, irgendwie irre, so daß selbst Gibli und seine beiden Helfer eine Gänsehaut bekamen. Daß ihr Job hiermit beendet war, wußten sie, obwohl sie es nicht wahrhaben wollten, zumindest Dino und Mario nicht.

Keiner konnte ihre Flucht verhindern. Sie rannten aus dem Laden, und der Nebel saugte sie förmlich auf.

Sekunden später hatte Verena schon die Polizei angerufen...

Die Scuttis waren zunächst sprachlos, dann erschüttert, als sie vom Doppelleben ihres Verwandten erfuhren. Sie saßen zusammen mit den Freunden im Hauptquartier der Polizei und hatten die Geschichte von Anfang an mitgehört. Sie konnten nur den Kopf schütteln.

Aldo Scutti, Gibli und Pietro waren verhaftet worden. Sie hockten in ihren Zellen und hatten zuvor alles gestanden, wobei sie sich gegenseitig die Schuld in die Schuhe schoben.

Nach Dino und Mario lief die Fahndung. Sie würden der Polizei irgendwann ins Netz gehen.

Die Helden des Tages waren die vier Freunde. Denn sie hatten es tatsächlich geschafft, einen großen Diebes- und Hehlerring auszuheben. Es waren bestimmt nicht die einzigen wertvollen Antiquitäten, die diese Bande gestohlen hatte. Das aber wollte eine Sonderkommission genauer untersuchen.

Nach zwei Stunden konnten sie gehen. Der *Commissario* behandelte sie sehr höflich; er würde noch einmal auf sie zurückkommen müssen.

„Aber später erst“, sagte Romano Scutti.

„Natürlich.“

Sie verließen das Gebäude – und staunten nicht schlecht, als sie nach draußen kamen.

Der Nebel lichtete sich!

Es war wesentlich heller geworden, und allmählich schälte

sich die Silhouette dieser berühmten alten Stadt wieder aus dem Dunst hervor. Die Sonne kroch als gelber Ball über den Himmel, sie schickte bereits ihre goldenen Strahlen über die Dächer und Türme der Stadt.

„Na, was sagt ihr jetzt?“ fragte Verena, als sie zum Himmel deutete. „Ist das nicht super?“

Randy nickte. „Wie für uns gemacht!“

„Das meine ich auch“, erklärte Romano Scutti, und seine Frau lächelte dabei. „Darf ich euch fragen, ob ihr etwas dagegen habt, wenn wir euch die Stadt zeigen?“

Das Schloß-Trio schüttelte geschlossen die Köpfe.

„Hast du denn Zeit?“ erkundigte sich Verena nicht ohne Hintersinn in der Stimme.

Ihr Vater nickte. Sein Gesicht war ernst, als er antwortete: „Ab heute haben deine Mutter und ich viel mehr Zeit für dich, meine Liebe.“

„Dann hat es sich doch gelohnt!“ jubelte das Mädchen und umarmte seine Eltern stürmisch...

Das war doch ein spannendes Abenteuer, oder?

Auf den nächsten Seiten wirst du lesen, was das Schloß-Trio bisher schon erlebt hat. Red Geller hat auch diese Abenteuer in seiner unnachahmlichen Art geschrieben. Und wenn du diese Bücher noch nicht kennst, schau doch einfach mal hinein. Hochspannung ist garantiert!

Das japanische Schwert

Für Randy Ritter war es schon spannend, zusammen mit seiner Freundin Michaela auf den japanischen Brieffreund zu warten. Kaum war dieser gelandet, begann der Ärger. Zwei Japaner verfolgten sie, durchstachen die Reifen ihres Autos und wollten das Schwert stehlen, das der Freund aus Japan mitgebracht hatte. Und das war für das Schloß-Trio erst der Anfang eines atemberaubenden Abenteuers...

Falschgeld auf der Geisterbahn

Es fing alles so harmlos an, als Randy und Turbo vor der Geisterbahn standen und der Punker Geld gewechselt haben wollte. Zwanzig Mark in zwei Zehn-Mark-Scheine. Das konnte Randy. Nur wußte er nicht, daß man ihm Falschgeld untergeschoben hatte. Nach der Fahrt standen schon zwei Polizisten bereit, um ihn und Turbo abzuführen. Damit begann für das Schloß-Trio die Jagd auf die Blüten-Gangster...

Gefährliche Agentenfracht

Schon die Ankunft des Dr. James Morton und seines Sohnes Benny geschah auf geheimnisvolle Art und Weise. Für Randy Ritter und seinen Freund Turbo war klar, daß die beiden Gäste etwas zu verbergen hatten. Weshalb versteckte sie Dr. Ritter? Und warum diese geheimnisvollen Anrufe im Schloß? Das Schloß-Trio ahnte nicht, mit welchen Männern sie es zu tun bekommen sollten. Als sie es wußten, war es zu spät.

Die Mumie aus Kairo

Wer bekommt in seinem Leben schon eine echte Mumie zu sehen? Wohl die wenigsten Menschen. Die drei vom Schloß-Trio hatten das Glück. Zusammen mit ihren Klassenkameraden besuchten sie eine Ausstellung altägyptischer Kunst. Der Mittelpunkt war die echte Mumie. Daß Randy zwischendurch bei einem Gang zur Toilette zwei Rauschgift-Dealer störte, konnte er nicht ahnen. Er wußte auch nicht, daß sich die Dealer um die Mumie kümmern wollten und daß er wider Willen zu einem gefährlichen Zeugen geworden war...

Schreckensnacht im Landschulheim

„Hütet Euch vor den Toten“ – Randy Ritter und sein Freund Turbo fanden die Nachricht auf dem Tisch ihrer Bude im Landschulheim. Welche Toten waren gemeint? Vielleicht die auf dem alten Friedhof in der Nähe? Bei der nächsten Wanderung untersuchten die beiden Freunde den Friedhof genauer. Tote fanden sie nicht. Dafür „stolperten“ sie über ein Versteck im Grab und lernten einen geheimnisvollen Motorradfahrer von seiner unangenehmen Seite kennen. Das war erst der Beginn. Die Schreckensnacht im Landschulheim sollte noch folgen...

Der Unheimliche mit der Goldmaske

Ihren ‚Chef' kannten die beiden Diebe nicht. Denn er verbarg sein Gesicht stets hinter einer goldenen Maske und gab seine Anweisungen mit elektronisch verzerrter Stimme. So schickte er die Männer auf Diebestour in die besten Antiquitätenläden. In einem der Geschäfte arbeitete Randys Mutter. Sie tat es einer Freundin zu Gefallen. Als auch dieses Geschäft ausgeplündert wurde, bekamen es die Diebe deshalb prompt mit dem Schloß-Trio zu tun. Doch bis die drei Freunde – Randy, Turbo und Ela – dem Boß die Maske vom Gesicht reißen konnten, hatten sie einen gefahrvollen Weg zurückzulegen. Die größte Überraschung stand ihnen aber noch bevor...

Der Jenseits-Express

An diesem Montag traf alles Schreckliche zusammen. Dr. Peter Ritter und Alfred waren in der Schweiz entführt worden. Im Schloß des Ritters lag eine Bombe versteckt. Um seinen Vater und Alfred auszulösen, mußte Randy Ritter in die Schweiz fahren und dort geheimes Material übergeben. Im Zug lernte er nicht nur Susanne Nollen, ein nettes Mädchen kennen, er begegnet auch dem „Totengräber".

Geheimplan Lemuria

Kandersteg – Schweiz! Ein gemütlicher kleiner Urlaubsort inmitten herrlicher Berge. Aber auch ein Treffpunkt für Agenten und Industrie-Spione. Das bekamen Randy Ritter und Susanne Nollen zu spüren, als sie den „Jenseits-Express“ in Kandersteg verließen. Randy lief den Verbrechern in die Falle, als er seinen verschollenen Vater suchte. Im Schloß bei Düsseldorf tickte derweilen noch die versteckte Bombe, mit der der Erpressung Nachdruck verliehen werden sollte. Dort gerieten Mutter Ritter, Turbo und Ela Schröder in höchste Gefahr. Nur der „Geheimplan Lemuria“, um den sich alles drehte, blieb nach wie vor verschwunden. Konnte es überhaupt noch eine Rettung geben? Es sah leider nicht danach aus...

Alarm auf dem Reiterhof

Sturmwind, ein herrlicher Rappe, war der Stolz des Reiterhofs. Bis zu dem Morgen, als Susanne Nollen ihn, apathisch in der Box liegend, fand. In der Nacht zuvor hatte ein Unbekannter Randy und Ela angegriffen. Gab es da vielleicht Zusammenhänge zwischen den beiden Vorfällen? Wer konnte Interesse daran haben, daß Sturmwind keine Rennen lief? Für das „Schloß-Trio“ war es Ehrensache, der Familie Nollen zu helfen. Doch die Verbrecher im Hintergrund planten den Tod des Pferdes. Sie schickten Verräter, als sich die Freunde auf einer Trekking-Tour befanden. Die Chancen für Sturmwind standen plötzlich sehr schlecht...

Der Alptraum-Zirkus

Urplötzlich wurde die tolle Garten-Party bei den Ritters von einem achtzehnjährigen Mädchen gestört. Sie hieß Claudia, kam vom Zirkus und wollte sich bei den Ritters verstecken, weil ihr drei Verbrecher auf den Fersen waren. Doch die Ganoven erwiesen sich als eiskalte Profis. Sie entführten Claudia vor den Augen des „Schloß-Trios". Klar, daß die Freunde diese Scharte wieder auswetzen wollten. Die Spur führte in den Zirkus Tatarotti, der sich für Randy und Ela als wahrer Alptraum entpuppte. Randy landete im Raubtierkäfig und Ela auf der Wurfscheibe eines Messerwerfers...

Pete und das Gespensterschiff

Gibt es den alten Goldschatz der Spanier wirklich, der vor der englischen Küste auf dem Meeresgrund im Laderaum eines versunkenen Schiffes liegen soll? Piraten-Pete jedenfalls glaubt fest daran. Er schafft es auch, „das Schloß-Trio" und dessen Freund Benny Morton davon zu überzeugen. Die Suche nach dem Schatz wird nicht nur eine Reise über das Meer, sie steigert sich zu einer Auseinandersetzung mit schießwütigen Gangstern und der Begegnung mit dem unheimlichen Gespensterschiff...

Jagd nach Peter Ritter

Dr. Peter Ritter ein – Verräter von Atomgeheimnissen? Das war zuviel des Guten. Das konnten Randy, Turbo und Ela nicht glauben. Aber die drei Männer, die Dr. Ritter kurzerhand verhafteten, ließen sich dadurch nicht beirren. Daß es falsche Polizisten waren und die Verhaftung einer Entführung gleichkam, erfuhren die Freunde erst, als es bereits zu spät war. Da befand sich Randys Vater bereits in den Niederlanden und wurde auf einem Schiff gefangengehalten. Das Schloß-Trio gab nicht auf. Zusammen mit Alfred jagten die drei Verschworenen die Kidnapper in den Grachten von Amsterdam. Doch die verschlungenen Kanäle drohten mehr als einmal zu einer mörderischen Falle zu werden...

Drei gegen die Mafia

In der Klasse herrschte ein ungewöhnliches Schweigen, als Franco Saracelli, einer der neuen Schüler, verspätet den Raum betrat. Sein Gesicht sah fleckig aus. Es war ihm anzusehen, daß er Schlimmes hinter sich hatte. Das Schloß-Trio kümmerte sich um Franco. Was die drei Freunde zu hören bekamen, ließ ihren Atem stocken. Die Familie Saracelli war von der Mafia besucht worden. Francos Vater, der ein Restaurant betrieb, sollte Schutzgeld zahlen. Er weigerte sich, doch die Mafia reagierte hart. Ihr Pech war es, daß sich zu diesem Zeitpunkt unter den Gästen der Pizzeria auch das Schloß-Trio befand. Und das nahm den Kampf gegen die Mafia auf...

TKKG – die erfolgreichste Jugendbuchreihe von Pelikan mit über 7 000 000 verkauften Büchern – gehört heute zu den beliebtesten deutschsprachigen Jugendbuchserien überhaupt. TKKG – das sind die vier Anfangsbuchstaben der Titelhelden: Tim, Karl, Klößchen und Gaby – eine verschworene Gemeinschaft gegen das Unrecht. Auch bekannt durch die Fernsehserie im ZDF.

Bisher erschienen sind:

1 Die Jagd nach den Millionendieben
2 Der blinde Hellseher
3 Das leere Grab im Moor
4 Das Paket mit dem Totenkopf
5 Das Phantom auf dem Feuerstuhl
6 Angst in der 9 a
7 Rätsel um die alte Villa
8 Auf der Spur der Vogeljäger
9 Abenteuer im Ferienlager
10 Alarm im Zirkus Sarani
11 Die Falschmünzer vom Mäuseweg
12 Nachts, wenn der Feuerteufel kommt
13 Die Bettelmönche aus Atlantis
14 Der Schlangenmensch
15 UFOS in Bad Finkenstein
16 X 7 antwortet nicht
17 Die Doppelgängerin
18 Hexenjagd in Lerchenbach
19 Der Schatz in der Drachenhöhle
20 Das Geheimnis der chinesischen Vase
21 Die Rache des Bombenlegers
22 In den Klauen des Tigers
23 Kampf der Spione
24 Gefährliche Diamanten
25 Die Stunde der schwarzen Maske
26 Das Geiseldrama
27 Banditen im Palast-Hotel
28 Verrat im Höllental
29 Hundediebe kennen keine Gnade
30 Die Mafia kommt zur Geisterstunde
31 Entführung in der Mondscheingasse
32 Die weiße Schmuggler-Jacht
33 Gefangen in der Schreckenskammer
34 Anschlag auf den Silberpfeil
35 Um Mitternacht am schwarzen Fluß
36 Unternehmen Grüne Hölle
37 Hotel in Flammen
38 Todesfracht im Jaguar
39 Bestien in der Finsternis
40 Bombe (Haie) an Bord
41 Spion auf der Flucht
42 Gangster auf der Gartenparty
43 Überfall im Hafen
44 Todesgruß vom Gelben Drachen
45 Der Mörder aus dem Schauerwald
46 Jagt das rote Geister-Auto
47 Der Teufel vom Waiga-See
48 Im Schatten des Dämons
48 Schwarze Pest aus Indien
50 Sklaven für Wutawia / Gauner mit der „Goldenen Hand“
51 Achtung: Die „Monsters“ kommen!
52 Wer hat Tims Mutter entführt?
53 Stimme aus der Unterwelt
54 Herr der Schlangeninsel
55 Im Schattenreich des Dr. Mubase
56 Lösegeld am Henkersberg
57 Die Goldgräber-Bande
58 Der erpresste Erpresser

Hol' sie Dir! Bei Deinem Pelikan-Fachhändler.

Jugendbücher von Pelikan